A Room of One's Own

吴尔夫
作品集

一间自己的房间

[英]弗吉尼亚·吴尔夫　著

贾辉丰　译

人民文学出版社

Virginia Woolf

A ROOM OF ONE'S OWN

根据 Harcourt，Brace and World 1957 年版译出

图书在版编目（CIP）数据

一间自己的房间/（英）弗吉尼亚·吴尔夫著；贾辉丰译. —北京：
人民文学出版社，2022（2022.11 重印）
（吴尔夫作品集）
ISBN 978-7-02-014915-5

Ⅰ.①一… Ⅱ.①弗…②贾… Ⅲ.①妇女文学—文学评论—世界
Ⅳ.①I106

中国版本图书馆 CIP 数据核字（2019）第 016018 号

责任编辑　冯　娅
装帧设计　李思安
责任印制　王重艺

出版发行　人民文学出版社
社　　址　北京市朝内大街 166 号
邮政编码　100705

印　　刷　涿州市京南印刷厂
经　　销　全国新华书店等

字　　数　133 千字
开　　本　880 毫米×1230 毫米　1/32
印　　张　6　插页 3
印　　数　3001—6000
版　　次　2003 年 4 月北京第 1 版
印　　次　2022 年 11 月第 2 次印刷

书　　号　978-7-02-014915-5
定　　价　59.00 元

如有印装质量问题，请与本社图书销售中心调换。电话：010-65233595

弗吉尼亚·吴尔夫肖像（1912 年）

凡妮莎·贝尔 绘

吴尔夫
作品集

前　　言

　　此书的翻译,始于二〇〇一年三月,终于二〇〇二年二月,约略用了一年的时间。因为大体上是在纽约完成,也不妨弄些玄虚,将这一过程分为"前九·一一时期"和"后九·一一时期"。如此一来,心情上就有了沉静与浮躁之分。昔日只在书报影视上听闻的许多事情,如今一一都到眼前。此时此刻,埋首于一位上个世纪初女性作家的作品,即使她给人称作现代主义的先驱,似乎也有些不合时宜。况且,译来又给谁读呢?

　　但所谓"经典",就有一种力量,它跨越时间与空间,显示出存在的本真,在我们内心,建立起稳定。所以,糜糜沸沸中,我亦耐了性子,每天几百字,一日日译下去,到底完成了与编辑的约言。

　　吴尔夫的《一间自己的房间》,本是基于两篇讲稿。一九二八年十月二十日和二十六日,吴尔夫自伦敦两次来剑桥大学,分别在纽纳姆女子学院和戈廷女子学院,就女性与小说一题发表演讲。此后,一九二九年三月,她将两次演讲合为一文,以《女性与小说》为题,发表在美国杂志《论坛》上。而此时,她的小说《奥兰多》出版,大获成功。她遂以此书所得,在位于罗德梅尔的别墅园中,为自己造了一座小楼,并在这里,将《女性与小说》

1

大加修改和扩充,写出了《房间》一书。

早在一九一七年,她与丈夫伦纳德·吴尔夫就创办了霍加斯出版社(此间出版社在英国出版史上颇有些名气,乔伊斯的《尤利西斯》的手稿,就曾交吴尔夫夫妇看过,谋求在这里出版,后因事未果),《房间》一书完成后,于一九二九年十月二十四日由霍加斯出版社在英国出版,同样获得成功,甚至另外印行的六百册限量签名本,也在一个月内销售一空。

此书出版的前夜,吴尔夫曾经说出她的心情。她在十月二十三日的日记中写道:"《一间自己的房间》出版在即,且让我概括一下我的感受。摩根不肯评论此书,这多少有些不祥。这令我怀疑,书中有某种尖刻的女权主义味道,我的朋友们不会太喜欢。那么,据我的预料,我将看不到批评文字,除了利顿、罗杰和摩根的调侃;报刊会是友善的,说说它如何动人啦,如何有生气啦;而且,人们将指责我是个女权主义者,甚至暗示我是个女同性恋者……"

吴尔夫的预感,果然不错。后人对此书的领悟,大体是循了这一个路子。但所谓女权主义,日益有了正面的意义,乃至有人将此书誉为女性解放的宣言书。

如此言说,当然也有道理。因为不过是在一八九一年,英国法典中刚刚取消了有关条例,从此禁止丈夫将妻子闭锁在家中。而迟至一九一八年,英国女性才获得选举权,而且仅限于三十岁以上的女性户主。对于女性所受的歧视,吴尔夫的感受是深刻的。

但如果断言吴尔夫是在倡导女权主义,我倒是有些怀疑。在我看来,吴尔夫并非长于鼓吹和煽动的斗士,毋宁说她是一个观察者、记录者和思索者。她看到社会中男女两性的不平等,虚构一个故事,绵绵密密地讲出来,将问题提交给大众,尤其是新一代的女性。要人们自己去思索,对问题的前因与后果,给出真确的答案。她并非站在一种女性的立场,作某种诉求。她希望的,是社会的进步与改善,乃至人的进步与改善,对此,她其实持了现实与乐观的态度,相信它的实现是可以期待的。

另外,吴尔夫对于男女两性作为自然人和社会人的属性,也分判得很清楚。比如,她说道:"女人的创造力与男人大不相同。必须说,对它的遏制或虚耗都会让人大为惋惜,因为它是经历了多少个世纪的严厉钳制后赢得的,没有什么可以取代它。女人如果像男人那样写作、生活,或像男人那般模样,也会让人大为惋惜,想想世界的浩瀚和繁复,两个性别尚且不足,只剩一个性别又怎么行? 教育难道不是应该发掘和强化两性的不同点、而不是其共同点吗?"准此,我们其实能够看到她对问题最终解决的某种悬想。

不过,身为男性,我怕不能避免,在这个敏感的问题上,自己也有偏颇。我曾忽发奇想,觉得如果全由女性来译吴尔夫,或许对她的理解,也就更透彻些,甚至译文中文字的轻重缓急,也会有所不同。

《房间》一文之后,另有六篇随笔,其中《本涅特先生和布朗太太》也是由吴尔夫的一篇讲稿充写而成,写作时间甚至比《房间》早了五年。这是一篇很有见地的评论檄文,不仅很有力度地反击了当红作家本涅特的偏颇之论,而且可圈可点地把传统小说创作与现代小说创作界定出来,成为研读吴尔夫的必读之作;其分量之重,不亚于《房间》。其余五篇,皆是由编辑遴选,遵命译出,以便足成一书。文章选得有趣、怀人、叙事、评论文学,读者可从不同的侧面,见出吴尔夫的文章与性情。

本书在翻译过程中,得到了多人的悉心帮助。章颖女士曾通读全部译稿,指点错译或漏译,杰基·米切尔(Jackie Mitchell)女士和艾德·施耐德(Ed Schneider)先生亦曾为我答疑解惑,于书中的文字乃至事件、历史和地理背景,多有指教。谨此向他们致以深切的谢意。

　　译者的工作,有点儿类似于"代圣人立言",必得去揣摩进而再现作者本来要言说的东西。逞才则过,才短则不及,过与不及,都会可惜了这位"身是菩提树,心如明镜台"的才女。其实,以"才女"名之,未免唐突,因为她本是言及现代主义文学,必不可遗漏的一位大师。

贾 辉 丰

二〇〇二年六月

目　录

一间自己的房间

第 一 章

或许，各位会问，我们请你，是来谈女性与小说——这同一间自己的房间有什么关系。请容我做些解释。得知大家请我来谈女性与小说后，我坐在河岸上，开始思索这几个字眼儿。它们可能意味着谈谈范伯尼①；再谈谈简·奥斯丁；称颂一番勃朗特姐妹，连带勾勒一下雪中的霍沃斯寓所②；说到米特福德小姐③，不妨讲几句俏皮话，但对乔治·爱略特，就得抱有敬意；再提一提盖斯凯尔夫人④，就算中规中矩了。但转念一想，这几个字眼儿，似乎并不那么简单。所谓女性与小说，可能意味着、或者按你们的意思它应当意味着女性和她们的处境；或意味着女性和她们所写的小说；也许，它意味着女性和关于女性的小说；

---

① 范伯尼（1752—1840），英国女小说家和书简作家，著有《埃维莉娜》等书。
② 霍沃斯寓所，勃朗特一家的住所，位于英国的约克郡，现为勃朗特博物馆。
③ 米特福德（1787—1855），英国女剧作家、诗人和散文作家，著有叙事诗《克里斯蒂娜》，剧本《利思齐》等。
④ 盖斯凯尔夫人（1810—1865），英国小说家，著有《玛丽·巴顿》等长篇小说，并著有《夏洛蒂·勃朗特传》。

还有可能意味着三者密不可分地交织在一起,而你们是要我从这个角度做出考虑。最后这个角度似乎最有意思,但当我真的如此来考虑这个题目时,才发现它有一个绝大的麻烦。我将永远得不出结论。我将无法履行在我看来讲演者的首要义务——在一小时的讲演后,说出一点纯粹的道理,让大家可以裹在笔记本里,一辈子摆到壁炉上。我能做的,只是就一个小问题发表一点看法——女人要想写小说,必须有钱,再加一间自己的房间;而如此这般,大家将会看到,女性的本质和小说的本质这个大问题仍没得到解决。我逃避了对这两个问题作出结论的义务,就我而言,女性与小说仍然是悬而未决的问题。为了略加弥补,我想尽自己的能力向大家说明,我是如何得出关于房间和钱的这一种看法的。我将尽可能完整和随意地向在座各位阐明我的思路,而它又是如何引导我想到这一点。或许,一旦我将我的思想剖析清楚,大家就会发现,这一说法背后的成见,其实与女性有些关联,与小说也有些关联。无论如何,一个题目,如果众说纷纭——任何与两性有关问题都是如此——就难以指望能讲清楚道理。你只能说明,你是怎样得出你现在的这番道理。你只能让听众在看到你的局限、成见和倾向后,有机会得出他们自己的结论。在这个问题上,小说较之事实,很可能包含了更多道理。因此,我打算利用小说家拥有的全部自由和特权,向大家讲述一个我来此之前的两天中发生的故事——面对各位交待的这个让我不堪重负的题目,我是如何来思索,如何出入我的日常生活,对它加以演绎。不必说,我要讲述的事情并不存在;牛桥①纯属

---

① 牛桥(Oxbridge),系由牛津(Oxford)和剑桥(Cambridge)各截取一半连缀而成。

杜撰,弗恩翰学院也是如此;所谓的"我"只是对什么人的方便称谓,并非实有其人。我难免信口开河,但兴许会有几分道理夹杂其中;需要大家去伪存真,决定哪些部分值得留存。如果我说的一无是处,大家尽可以把它整个丢到字纸篓里,再也不必多想。

那么,一两个星期之前,是气候和煦的十月,我(叫我玛丽·伯顿、玛丽·赛顿、玛丽·卡迈克尔或随便什么名字——这都无关紧要)坐在河岸上,陷入了沉思。我谈到的女性与小说像道紧箍咒,加上需要对一个引起了种种成见和情绪的题目作出某些结论,这些都压得我抬不起头来。我的两旁,不知名的灌木,或金黄,或绯红,流光溢彩,仿佛争抢着在热与火中燃烧。更远处的河岸上,垂柳似有绵绵的忧伤,披拂下柔弱的长条。河面由着性子,倒映出天空、红叶和小桥,学生荡桨穿出,劈开的倒影又合拢来,倒像是他从未出现过。这里,人可以整日坐下去,沉湎于思想中。思想——我这样来称呼它不免有些夸张——听任它的钓丝没入水流。时间一分分过去,钓丝随着倒影和水草,东游西荡,在水面上时起时伏,直到——大家知道那种突然的拽动,一种想法在钓丝的那一端咬钩了,于是,你小心翼翼地将它拖过来,慢慢拉出水面?好了,不妨把这个想法摊在草地上,不管它是多么细小,多么微不足道。是一尾小鱼,聪明的渔夫会把它放回水中,等它长得再大一些,有朝一日,成为盘中的一道美味。我不想拿这个想法来絮叨,不过,只要留心,大家还是可以从我下面要讲的话中听出一些端倪。

我的想法,虽然细微,却有一种不可思议的性质——将它重新收拾到脑海里,它立即变得不安分,膨胀起来;它奔突冲撞,这里闪现一下,那里闪现一下,激起思想的湍流和波浪,让人不得安宁。就这样，不觉中我已疾步穿过了一片草地。突然，一个男人的身形出现在我面前，拦截住我。男人穿了常礼服和笔挺衬衫，显得很滑稽，最初，我甚至没弄明白，他比比划划的是冲我而来。他的脸上，纯是一副惊恐而又恼怒的表情。此时，直觉而不是理性搭救了我，他是校役，我是女人。这里是大学的赛马场，脚下就是跑道。只有研究员和学者方能来此驻足。我的位置是在沙砾路上。这些都是瞬间转过的念头。我转身回到路上，校役的双臂垂放下来，面部又恢复了以往的静漠，虽然跑道走起来要比沙砾路面舒服，但我也不能说受了很大委屈。对这所不管是什么学院的研究员和学者，我惟一能够抱怨的是，为了保护前后给碾压了三百年之久的赛马场，他们搅得我的小鱼躲得无影无踪。

现在，我已经记不清楚，是什么样的想法，令我忘乎所以地擅闯禁地。心绪的平和，像天上飘下来一朵云，因为倘若真的有心绪的平和，它就在十月一个晴朗的上午，绕牛桥的庭院或方庭而生。漫步在校园里，穿过古老的回廊，现实中的粗鄙像是渐渐消退了；身体仿佛收缩在神奇的玻璃柜中，没有声音可以穿透，头脑与事实失去了一切联系（除非你想再次闯入赛马场），自由自在地沉溺在恰与此刻合拍的漫无边际的遐想中。不经意之间，飘忽的思绪牵扯出别人几篇旧日的随笔，讲的是在长长的假期里重访牛桥，引我回想起查尔斯·兰姆①——萨克雷将他的一封信贴在前额上，无限景仰地说，圣人查尔斯啊。确实，遍数作古的前人（我想到哪儿，就说到哪儿），兰姆当是最和蔼可亲

---

① 查尔斯·兰姆（1779—1848），英国随笔作家，此处是指其所作《假日中的牛津》。

的一位;人们必定乐于对他这种人说,好吧,告诉我,你是怎样写随笔的?在我看来,他的随笔甚至超过了马克斯·比尔博姆[1],尽管后者的随笔可谓完美,他的文章,充满恣肆的想象力,行文中时时爆发出天才的灵感,虽然因此出现瑕疵,不够精湛,却处处点缀着诗意。兰姆或许是一百年前来牛桥的。他当然写下一篇随笔——篇名我却忘记了——记叙他看到的弥尔顿一首诗的手稿。那诗的篇名好像叫《利西达斯》[2],兰姆写道,诗中的每一个字,本来都有可能不是现在这个样子,而一念至此,他不免深深感到震惊。想想弥尔顿还须改动诗中的字句,对他来说无异于一种亵渎。这倒引得我去搜寻记忆中《利西达斯》的断片,自得其乐地揣摩弥尔顿会改动哪些字句,又是为了什么。我忽然想到,兰姆看的那份手稿距我只有几百码之遥,何不追随兰姆的足迹,穿过四方庭院,到那座保存了弥尔顿手稿的图书馆去。去图书馆的路上,我又想起,萨克雷的《埃斯蒙德》的手稿也保存在这座著名的图书馆里。批评家经常说,《埃斯蒙德》是萨克雷小说中最好的一部。但就我的记忆所及,他在文体上模仿十八世纪,矫揉造作,不免限制了自己;除非十八世纪的文体对萨克雷来得自然而然——对此,只须阅读他的手稿,看看文字的改动是为了迁就文体,还是为了合乎道理,就可以得到证实。但这样一来,你就得决定什么是文体,什么是含义,这个问题——不过,此刻,我已经来到了图书馆的门口,我一定是打开了那扇门,因为门口立即出现了一位和善的绅士,满头银发,像守护天使一样,但却不是以洁白的翅膀、而是以一袭黑袍,不以为然地挡住

① 马克斯·比尔博姆(1872—1956),英国漫画家和作家,1898年继萧伯纳任《星期六评论》戏剧评论员。
② 《利西达斯》,弥尔顿所著长诗,手稿保存在剑桥的三一学院。

了我的去路,他在挥退我的同时,低声抱歉说,女士只有在学院研究员的陪同下或持有引荐信,才能获准进入。

这座闻名遐迩的图书馆,毫不在意它会遭受一位女性的诅咒。它庄严、沉静,将它的所有财富牢牢锁定在自己的怀抱中,心满意足地酣睡不醒,对我来说,它将从此永远酣睡下去。我愤愤地从台阶上退下时发誓说,我将永远不会唤醒它的鼾声,永远不会再请求它的款待。距午餐还有一个小时,我该做些什么呢?在草地上漫步,还是到河边小憩?这当然是一个美好的秋日上午,红叶飘飘,落到地面上;或行或坐,都没有大碍。但耳边传来音乐声。前面正在做礼拜或是举行宗教仪礼。我经过小教堂门口时,听管风琴庄严地呜呜奏响。在那种安详静谧的气氛中,即使是基督教的哀伤,听来也像是对哀伤的回想,而不是哀伤本身;甚至古老乐器的呜咽声,也融入了一片恬静。我已经无意进入,即使我有此权利,没准儿这回教堂司事会迎面拦住我,要我出示洗礼证明,或学监的引荐信。这些巍峨建筑物外面的景致,往往与里面一样耐看。而且,看着教区会众聚到一起,出出进进,像蜂巢前的蜜蜂一样在教堂门口忙碌,也是件怪有趣儿的事。许多人方帽长袍;一些人肩上缀了毛皮①;一些人坐在轮椅上;还有一些人仍在中年,已经皮肉松弛,给岁月压迫成一副奇特模样,让人想起水族馆沙地上蹒跚而行的巨蟹和龙虾。我倚在身后的墙上,眼前的大学真像一处庇护所,保存下各种稀罕物种,将他们丢到斯特兰德大街②的人行道上,只怕他们立时百无一用。这让我回想起一些流传已久的故事,讲的是那些老迈的

---

① 剑桥大学的文学士装束。
② 斯特兰德大街,伦敦的一条繁华大街,多商场、剧院、酒吧。

教书先生，但我还来不及打个呼哨（据说，听到呼哨声，老教授就会拔足狂奔），这批德高望重的教徒已经隐入教堂中。小教堂的外观依旧。大家知道，它的穹顶和尖塔历历在目，像一艘持续航行却永远不能抵达的航船，夜里亮起灯火，几英里之外都可以看见，山峦也遮不住它。或许，这所四方庭院，连同齐整的草坪、宏伟的建筑，乃至小教堂本身，早先不过是一片沼泽，荒草萋萋，猪也来刨食。我想，必有马队和牛群，从遥远的乡间拖来一车车石头，经过无休无止的劳作，替我遮荫的这些灰色的大方石料，才得以一个叠一个地安放妥当，画匠携来镶嵌玻璃，泥瓦匠几百年来不断地在它的屋顶上摆弄油灰、水泥、铁铲、抹子。每逢星期六，就有什么人，从皮制的钱囊里倒出金币、银币付给工匠，让他们攥在手里，换取一夜的欢乐，喝啤酒，打九柱戏。我想，源源不断的金子、银子，必是流入了这所庭院，让石头一车车运来，泥瓦匠穷年累月地施工；平地、刨土、挖沟、排水。但那是信仰的年代，金钱大把大把涌来，帮助在深稳的地基上垒起了这些石头，石头垒起后，又有更多的金钱来自国王、女王和王公贵族的金库，保证在这里圣歌也有人唱，学子也有人教。土地授予了，什一税付清了。信仰的年代结束后，理性的年代接踵而来，金子和银子仍然源源不断地涌来；研究员制度设立了，还有人赞助讲师制；只不过现在，金银不是来自国王的金库，而是来自商人和制造商的钱柜，来自比如靠实业发了财的那些人的钱囊，他们在遗嘱中，将财富的一部分慷慨回馈给让他们学到本事的大学，以便设立更多的教授、讲师和研究员职位。于是，学校有了图书馆和实验室；有了天文台；有了配备完善的、昂贵的精密仪器，现在就摆放在玻璃架上，这里，几百年前，荒草萋萋，猪也来刨食。当然，此时我绕着方庭闲逛，金银财宝已奠定下坚实的基础,铺砌的路面严严实实地遮盖了荒草。头顶盘子的男仆,匆匆忙忙地上下楼梯。窗口悬挂的花匣开满艳丽的花朵。室内传出留声机播放的刺耳旋律。这不能不让人沉思——不管想些什么吧,随即又给打断。大钟报时了。该是去吃午餐的时候了。

奇怪的是,小说家总有办法让我们相信,午餐会令人难忘,从来都是因为席间谈吐风雅,举止洒脱。他们很少多费口舌,谈谈吃了些什么。小说家通常不提鲜汤、鲑鱼和乳鸭,好像汤啦、鱼啦、鸭啦,都无关紧要,没人吸烟,也没人饮酒。不过,这里,我要冒昧地打破惯例,告诉大家,那次午餐会的头道菜是鳎鱼,盛在深盘里,学院的厨师又给它浇上一层雪白的奶油,只在浮面零零散散拓出一些棕色的斑点,像雌鹿两肋的花斑。接着端上的是山鸠,但有谁以为是盘中摆了几只褪了毛的飞禽,那就想错了。五花八门的山鸠,待客时配上调料和生菜,有辣有甜,各有各的顺序。土豆片切得钱币般薄厚,当然没有那么硬;菜心好像玫瑰花蕾,吃起来却鲜美得多。烤肉和配菜刚刚用罢,默默侍立一旁的男仆,或许就是校役本人,不过表情温和多了,立刻奉上一道甜点,四周以餐巾环绕,糖霜波浪般涌起。说它是布丁,将它与稻米和木薯联系到一起,不免唐突。与此同时,漫溢金黄和绯红的酒杯,满上又空了,空了又满上。渐渐地,灵魂赖以安身的胸椎处,有什么东西点燃了,不是我们称之为才华的那种微细的电火,它只能在我们的口舌间吞吐,而是一种更为深刻、微妙的潜在,是理性交流激发的灼热的火焰。不必太急切。不必太张扬。无须装腔作势,自由自在就好。我们飘飘欲仙,还有凡·戴克①的画陪着我们——换句话说,点上一支沁人心肺的香烟,

① 凡·戴克(1599—1641),佛兰德斯画家,英王查理一世的宫廷画师。

倚在窗前座椅的靠垫上,你会觉得,生活多么美好,生活的回报多么甜蜜,种种嫌隙和怨怼又是多么无聊,而友谊和我们的酬酢真是让人陶醉。

如果碰巧手边有一只烟灰碟,如果不必随意将烟灰弹到窗外,如果当时事情稍稍有些不同,你或许不会看到那只没有尾巴的猫。那只突兀的、短去了一截的小动物悄没声儿地蹀躞在庭院中,它的出现,蓦然触动了我心底的什么东西,情绪也为之一转。就像有人铺洒下一片阴影。也许,是美味的霍克酒渐渐发挥了效力。当然,我的目光所及,这只马恩岛家猫停在了草坪中央,好像也在审视这个世界,你会感到,像是缺了些什么,又像是有什么不对头的地方。我听着周遭的谈话,对自己问道,究竟缺了什么,有什么不对头。为了回答这个问题,我得想象自己神游物外,回到了从前,具体说来是回到了大战之前,让眼前浮现出另一次午餐会的情景,用餐的屋子距此处不远,但各有不同。一切都不相同。此刻,谈话正在宾客间进行,客人很多,又都年轻,有男人,也有女子;谈话进行得很顺畅,轻松自在、妙趣横生。谈话者尽管谈话,我已将它推到另一场谈话的背景中,对比之下,我相信一方是另一方的后裔,另一方的合法继承人。没有什么改变,没有什么不同,除了在这里,我全神贯注地听到的,不是人们在说些什么,而是衬托话语的杂音或氛围。是了,一点不错——变化就在这里。大战之前,每逢这样的午餐会,人们聊的正是同样的一些事情,但听起来却有不同,因为在那些日子里,伴随谈话的,是某种嘤嘤嗡嗡的嘈杂声,不很清晰,但听来悦耳,令人兴奋,改变了话语本身的含义。难道人能把嗡嗡的嘈杂声安排到话语中吗?或许靠诗人的帮助是能够做到的。我身边有一本书,信手翻开,是丁尼生的一页。这里,我听到丁尼生在吟唱：

> 是晶莹剔透的泪珠一颗
>
> > 坠下门前西番莲的莲台。
>
> 她来了，我的鸽子，我的爱人；
>
> > 她来了，我的生命，我的天籁；
>
> 红玫瑰惊呼，"走近了，走近了"；
>
> > 白玫瑰悲泣，"她却迟来"；
>
> 翠雀花凝神，"听到了，听到了"；
>
> > 百合花呢喃，"我在等待"。①

这可是战前午餐会上男人们的嘈杂声？女人呢？

> 我的心像啾啁的小鸟
>
> > 筑巢在青翠的林梢；
>
> 我的心像丰腴的果树
>
> > 枝杈给累累硕果坠倒；
>
> 我的心像五彩的贝壳
>
> > 漂浮在平静的海波间；
>
> 我的欢愉胜过这一切
>
> > 只因恋人来到面前。②

这可是战前午餐会上女人们的嘈杂声？

想到大战前人们在午餐会上喃喃低语，说的竟会是这些事情，我禁不住笑出声来，不得不指指窗外的家猫掩饰我的失态。

---

① 出自艾尔弗雷德·丁尼生的单人剧《莫德》。
② 出自克里斯蒂娜·罗塞蒂的诗歌《生日》。

这只没有尾巴的小生灵,立在草坪中央,确实有点儿滑稽,可怜巴巴的。它是生来如此,还是因为一场意外失去了尾巴?没有尾巴的猫,听说马恩岛上有一些,但究竟不像人们想象的那么多。它是一种异常的动物,不是漂亮,是奇特。怪就怪在,一条尾巴也能造成这么大的不同——大家知道午餐结束、人们起身取衣帽时都会说些什么。

这次午餐会,由于主人好客,结束时已近黄昏。十月里晴好的一天渐渐没去,我行走在林阴道中,树叶摇落,坠到地面上。身后,似乎有一扇又一扇门徐缓而又坚定地关闭了。无数校役将无数把钥匙插入滑润的锁孔里;宝库又将度过安然无恙的一夜。走过林阴道,来到大路上——我忘了它的名字——只要别走错路口,就是弗恩翰学院的方向了。但时间还早。晚餐要到七点半才开始。而刚刚用过这样一顿午餐,就不吃晚餐也罢。奇妙的是,脑海中浮现出诗的断片,双腿不觉合着诗的节奏走在大路上。我疾步走向海丁勒,那些诗句——

> 是晶莹剔透的泪珠一颗
> 　坠下门前西番莲的莲台。
> 她来了,我的鸽子,我的爱人……

在我的心中唱响。脚下,浪花拍击水堰,心随意转,我吟道:

> 我的心像啾啁的小鸟
> 　筑巢在青翠的林梢;
> 我的心像丰腴的果树……

多好的诗人,像人们在薄暮中时常做的,我高声呼喊,他们是多好的诗人啊!

或许,我的赞美声中掺杂了一些妒嫉,是为了我们自己的时代，虽然这样来比较显得愚蠢和荒唐，我接着又想，平心而论，可有人能够指出两位在世的诗人，一如当年的丁尼生和克里斯蒂娜·罗塞蒂那般了不起。望着回环杂沓的河水，我想，他们是不可比拟的。诗所以让人痴迷，忘乎所以，完全是因为它宣泄了人们的日常情感（比如战前的午餐会上），人们自然而然就作出反应，不必深入内心去求证，也不必观照此时此刻的情感。而当代诗人表达的情感，实际上是生造出来，它把我们与当下分隔开。你首先感到陌生，往往还会产生莫名的畏惧；你急切地注视它，拿它与自己熟悉的旧日情怀做比较，心中充满妒嫉和疑虑。现代诗难就难在这里；由于这一层困难，即使是当行出色的现代诗人，人们也无法记住他两行以上的诗句。正是因为这个原因，因为记忆缺损，我拿不出材料来证明我的这一番说词。我朝着海丁勒的方向，边走边想，为什么耳边不再响起午餐会上嗡嗡的嘈杂声？为什么艾尔弗雷德不再吟唱——

她来了，我的鸽子，我的爱人？

为什么克里斯蒂娜不再回应——

我的欢愉胜过这一切
只因恋人来到面前？

我们是否应当责备战争？一九一四年八月枪声响起时，男人和女人眼中，对方的面孔是否已变得如此呆板，扼杀了他们的浪漫情感？看到炮火映照下我们的统治者的面孔，当然让人吃惊（那些对教育等等抱有幻觉的女人，尤其受到震撼）。他们看上去如此丑陋——德国人、英国人、法国人——如此愚蠢。但是，不管该怪罪什么事情，怪罪谁，还能像丁尼生和克里斯蒂娜·罗塞蒂那样，为恋人的到来忘情歌唱的人，现在比以前少多了。可为什么要说到"怪罪"呢？如果那是一种幻觉、为什么不去赞美这场灾难,无论如何,它毕竟摧毁了以往的幻觉,给人们以真实?因为真实……这些删节号表示,为了探寻真实,我是在哪里错过了转向弗恩翰学院的路口。不过,我问自己,究竟何谓真实,何谓幻象。比如,暮色中这些红窗格的房屋,朦胧、喧闹,待到上午九点,这些暗红的房屋,连同房中散的糖果,门前晾的鞋带,又显出粗糙和肮脏,哪一个倒是更真实呢?垂柳、河流和沿河岸蜿蜒排布的一处处花园,都因为雾霭的潜入变得模糊起来,但在阳光下,它们又会呈现出金色和红色,哪个是真,哪个是幻?我不再啰唆我的情感上的种种起伏变化,毕竟在前往海丁勒的途中,我没有得出任何结论,大家只须设想,我很快发觉走错了路,重新折向弗恩翰学院。

我前面说过,这是十月的一天,我不敢随意变换季节,渲染园中的百合垂到墙外,还有番红花、郁金香和春季里别的花草,弄得失去大家的好感,还玷污了小说的名声。小说必须忠于事实,越是真实,小说便越好——据说是这样的。因此,仍然是秋天,树叶仍然是黄色的,飘飘坠落,如果真有不同,不过是落得更快些,因为已经是晚上了(准确地说是七点二十三分),秋风细细(是西南风)。尽管如此,感觉上总有些个怪异:

> 我的心像啾啁的小鸟
> 　筑巢在青翠的林梢;
> 我的心像丰腴的果树
> 　枝杈给累累硕果坠倒——

或许,是克里斯蒂娜·罗塞蒂的诗句,在一定程度上勾起了我的荒唐幻觉——也不过是幻觉罢了——似乎百合探到花园的墙外摇荡它的花瓣,彩蝶翩翩,飞来飞去,空中有花粉的飘尘。起风了,不知它来自何处,只管卷起半枯的秋叶,让空中旋动一抹银灰。正是暮色四合、灯火昏黄时分,各种色彩渐趋浓重,绯红、金黄,重重叠叠,烙在窗玻璃上,像心在不安分地跳荡;世间的美,自有理由呈现出来,但很快又会凋败(此时,我径直走入园中,想是有人大意了,门敞开着,没有校役巡视),转瞬即逝的美,像刀锋的两面,一面惹人笑,一面惹人恼,将心切成数块。春日的暮色中,弗恩翰学院的花园一览无余,荒芜,空旷,茂草之中,星星点点的黄水仙和蓝铃花随意伸展,即使在景致最好的时候,恐怕也一样没有条理,现在,更止不住随风俯仰,一顿一顿地摇曳。房屋的窗子,高低错落,像海船上的窗子,浮在红砖的波涛中,随着春日翻飞疾走的云朵,由柠檬色转向银灰。有人躺在吊床上,有人(但在苍茫暮色中,他们都像是幻影,说是有人,半靠猜测,半靠观察)在草地上奔跑,难道没人拦住她?这时在平台上,蓦地探出一个弯身的人影,好像是为了透一口气,或者瞥一眼花园,她前额饱满,衣衫简朴,威严而又谦卑——莫非她就是那位著名学者,莫非她就是 J——H——本人①?一切都是朦胧的,又是强烈的,像薄暮把一方纱巾抛在花园里,给星光或刀剑割成断片——从春的心田中,突然闪现出某种可怕的现实。因为青春……

我的汤端上来了。晚餐摆在大餐厅。时节哪里就是春天,是十月的一个夜晚。大家聚在巨大的饭堂里。晚餐准备就绪。请用汤吧。是一种素净的肉汁汤。里面没有什么内容能搅起人的想象。如果汤盘上绘有图案,透过稀薄的汤汁,自然可以看得

① 即简·哈里森(1850—1928),古典学者和人类学家。

清清楚楚。但汤盘上没有图案。汤盘也很素净。接下来是牛肉,配了绿菜和土豆——家常的三合一,让人想起泥泞市场肉案上的牛的后臀尖,边缘卷曲泛黄的菜叶,交易双方的讨价还价,星期一早晨拎着网线袋的女人。没有理由抱怨人类的日常饭菜,供应很充足,而煤矿工人显然还吃不到这些。随后上桌的是李子干和蛋奶糕。或许有人抱怨,这些李子干,即使给蛋奶糕煨软,也是一种拿不出手的青菜(它们当然算不上水果),像吝啬鬼的心一样瘪缩,渗出的汁液也像来自一辈子不喝酒、不取暖的吝啬鬼的血管,周济穷人,也不至于拿它来应付。不过,抱怨者应当想想,总还有人,心地宽厚,可以欣然接受这些东西。接着又送上饼干和奶酪,水罐传来传去,因为饼干原本干硬,我们吃的又是地道的饼干。一切都齐全了。晚餐结束了。人们吱吱嘎嘎地推开椅子,弹簧门开开关关,动荡个不停。下面的走廊,上面的楼梯,都有英国的年轻人走动,打打闹闹,哼着歌儿。一个生客,外来人(我在弗恩翰学院,如同在三一学院①或萨默维尔学院②或戈廷学院③或纽纳姆学院④或基督堂学院⑤一样,并无权利可言)难道可以说出"晚餐不可口",或是(我们,玛丽·西顿和我,现在坐在她的起居室里)"我们不能在这里单独用餐吗?"对陌生人来说,这所房子表面看去,充满了欢乐和勇气,我如果说出这类的话,只怕像是在窥探和查询这所房子的隐秘家底。不,这类话是说不出口的。实际上,谈话一时间索然无趣。

---

① 三一学院,剑桥大学所属学院。
② 萨默维尔学院,牛津大学所属学院。
③ 戈廷学院,剑桥大学所属学院。
④ 纽纳姆学院,剑桥大学所属学院。
⑤ 基督堂学院,牛津大学所属学院。

人的构造本来如此,身、心、脑浑然一体,没办法隔成几截,再过一百万年也变不了。美食对愉快的交谈至关重要。吃的不好,就难以好好思索,好好爱恋,好好睡眠。心中的光明不是靠牛肉和李子干点燃的。我们都飘飘欲仙,凡·戴克的画就在天堂拐角处悬着——一天的忙碌之后,牛肉和李子干会让我们产生这样一种暧昧的、有条件限制的情绪。幸运的是,我的讲授科学的朋友有一个碗橱,里面放了一樽矮而扁的酒瓶,有几盏小酒杯——(但本该有鳎鱼和山鹑下酒)——因此,我们可以靠近炉火,弥补一日中生活的缺憾。不大一会儿,我们就开始随意闲聊起来,独自一人时,脑子里生出种种奇奇怪怪的念想,朋友见面,免不了议论一番——某某人结婚了,某某人还没有;某某人这么想,某某人那么想;某某人意想不到地发达起来,某某人令人吃惊地每况愈下——话头一扯开,关于世道人心的种种想法就自然而然地涌到嘴边。谈话中间,我不觉羞愧地意识到自己的漫不经心,任话头自生而自灭。你可能在谈西班牙或葡萄牙,图书或赛马,但不管说些什么,兴趣并不在这些事情上,吸引你的是大约五个世纪之前,工匠们在高耸的屋顶上忙碌的场景。国王和贵族携来大袋大袋财富,倾入地下。这个场景不断在我的脑际萦回,与另一个场景适成对照。在后一个场景中,有羸弱的牛,泥泞的市场,枯黄的干草,老人的瘦缩的心——两幅画面毫无关联,互不搭界,看上去很有点荒谬,但却时时交织在一起,发生冲突,让我不能自已。除非听任话语失真,最好的办法,还是讲出我心中的想法,运气好的话,它会像在温莎堡开棺后死去国王的头颅一样萎缩、崩解。于是,我三言两语向西顿小姐讲述了那些个年月在小教堂屋顶上忙碌的工匠,还有掏了口袋,将金子和银子倾入地下的国王、女王和贵族;乃至我的想象中,在前人留下金锭和粗金块的地方，当代的金融巨子又如何留下了他们的支票和证券。我说，这些都埋在各个学院的地底下；但我们当下置身的这所学院，在它俗艳的红砖下和花园的萋萋荒草中，又埋了些什么呢？在我们用来进餐的素净的汤盘，还有（此刻，我的话脱口而出，想闭嘴已办不到）牛肉、蛋奶糕和李子干背后，是怎样的一股力量？

这个，玛丽·西顿说，大约是一八六〇年——噢，你知道这段故事，她言道，多说无益，我想你已经听烦了。但她还是讲述起来——房间租借了。委员会成立了。信函发出了。公告起草了。召开会议；研究回函；某某人答允捐助多少多少；相反的，某某先生一分钱不肯掏；《星期六评论》更是粗鲁。我们如何筹一笔钱办公？该不该搞一场义卖？我们不能拉个漂亮姑娘来装装门面吗？看看约翰·斯图尔特·穆勒在这个问题上是怎样说的。有没有人能说动某某报的总编刊登一封信？能不能设法让某某夫人签名？某某夫人出城了。六十年前，事情大约就是这副样子，要花费很大力气，还得搭上不知多少时间。几经艰难，她们总共筹到了三万英镑。[1] 因此，她说，我们显然没有能力备办美酒和山鸠，支使头顶锡盘的仆役。我们没有沙发和单独的房间。"种种铺排，"她引用不知哪本书上的话说，"只有推到将来。"[2]

想到那些女人，年复一年，积攒两千镑也难，却尽力而为，筹

---

[1] "据说，我们至少应当筹措三万英镑……数额并不大，只须想想，大不列颠、爱尔兰和各殖民地加起来只有一所此类性质的学院，而男校又是多么容易筹措到大笔款项。不过，考虑到真正希望女子受教育的人数之少，它也实在够多的了。"斯蒂芬夫人，《埃米莉·戴维斯小姐传》。——作者注

[2] "能刮来的每一便士，都用在了盖楼上，种种铺排，只有推到将来。"R. 斯屈赛，《事业》。——作者注

到三万英镑，我们禁不住大大奚落了一番女性活该受人指摘的
贫穷。那时，我们的母亲都做了些什么，竟然不给我们留下一点
财富？忙着涂脂抹粉？浏览橱窗？在蒙特卡洛的艳阳下招摇？
壁炉上有几帧照片。玛丽的妈妈——如果这些是她的照片——
闲暇时或曾挥霍无度（她为教会牧师生养了十三个孩子），倘若
果真如此，在她脸上，美好生活却没有留下多少欢快和骄奢的痕
迹。她的身材平常，一条花格披巾，给一个大大的雕饰扣牢；她
坐在藤椅上，哄一只小狗面向照相机的镜头，表情欢快，又有些
紧张，深知快门按动时，小狗一定会纵身扑过去。如果她投身实
业，成为人造丝制造商，或是证券交易所的富豪；如果她为弗恩
翰学院留下二十或是三十万英镑，我们今晚就能从容坐下来，畅
谈考古学、植物学、人类学、物理学、原子的性质、数学、天文学、
相对论、地理学等等。只要西顿太太和她的母亲和她的母亲的
母亲深谙致富之道，像她们的父亲和祖父一样，身后有所遗施，
也为她们这一性别设立研究员制和讲座制，颁发各种奖项和奖
学金，我们完全有可能在这里促膝对坐，惬意地享受珍禽美酒；
我们的一生，自然会舒适而体面，这也算不上奢望，因为可以托
庇于某个靠慷慨捐资衍生的职业。我们或许正在从事研究或写
作；在世界各地朝圣；坐在帕特农神庙①的石阶上沉思，或上午
十点去办公室，下午四点半悠闲地回家，写一首小诗。不过，如
果西顿太太那些人十五岁时进入商界，那么——麻烦就在这
里——就不会有玛丽了。我问玛丽对此有何想法？窗帷间现出
十月的夜晚，沉静而美好，黄叶枝头缀着一两颗星星。她可肯为
了有人大笔一挥，给弗恩翰学院带来五万英镑的进项，就让出对

---

① 帕特农神庙，雅典卫城上供奉雅典娜女神的主神庙，始建于公元前5世纪。

此夜的一份享有，抹去对生活在苏格兰时嬉戏吵闹的记忆？要知道，苏格兰空气的清新和燕麦饼的香软，从来都让她赞不绝口。因为，向大学捐资，必然无法顾及家庭。发一笔大财和生养十三个孩子——没有哪个人能够同时兼顾二者。想想看吧，我们说。孩子出生前，先有九个月的妊娠期。随后，孩子出生了。接下来有三到四个月的哺乳期。在此之后，显然还须付出五年的时间陪孩子玩耍。总不能让他们到大街上疯跑。到过俄罗斯见识了孩子们呼啸街头的人说，那可不是什么动人景象。还有人说，人的性格是在一到五岁之间形成。我问道，倘若西顿太太忙于赚钱，留在你记忆中的，会是怎样的一些嬉戏吵闹？你对苏格兰，它的清新的空气和香软的燕麦饼，凡此种种，会有怎样的体验？但这些问题，问了也没用处，因为你根本就不会来到世间。而且，凭空设想西顿太太和她的母亲和她的母亲的母亲果真聚敛了大笔财富，拨入大学或图书馆的基金会，同样也没用处，须知，首先，赚钱对她们来说就不可能，法律禁止她们拥有自己赚来的钱财。直到晚近，过去四十八年来，①西顿太太才有了自己的一点点钱。此前的多少个世纪里，钱财归她的丈夫所有——也许正是这个想法，妨碍了西顿太太和她的母辈出入证券交易所。她们可能会说，我挣的每一个便士，都会从我这里拿走，交由我的丈夫随意处置——或许是设立奖学金，或许是捐作巴利奥尔学院②或国王学院③的研究金，如此一来，即使能够挣钱，我也提不起什么兴趣。这种事情，还是交给男人去做吧。

---

① 《已婚妇女财产法》于 1870 年通过，允许已婚妇女保有自己的收入。该法又于 1882 年修订，扩大了财产保有范围。
② 巴利奥尔学院，牛津大学所属学院。
③ 国王学院，伦敦大学所属学院。

无论如何，不管该不该责怪照片上瞧着小狗的老妇人，毫无疑问，必是因为这样那样的缘故，我们的母亲将自己的事情料理得一塌糊涂。她们没留下一个便士，可用于各种"铺排"，用于山鹑和葡萄酒，校役和赛马场、图书和雪茄、图书馆和闲暇。荒地上垒起光裸的墙壁，已经耗尽了她们的心血。

　　我们靠近窗前说话，像数不清的人每晚一样，凝望下方这座名城的穹顶和塔楼。秋夜的月光下，它显得益发美丽、神秘。年代久远的大石看上去洁白而庄重。人们会想到那里庋藏的书籍；镶花板房间悬挂的那些老迈教士和名人的画像；在走道上投下球形和新月形幻影的镶嵌玻璃；铭牌、纪念碑和铭文；喷泉和草坪；望出去可见寂静方庭的寂静房间。我还想到（请原谅我胡思乱想）醇香的雪茄和酒和深深的扶手椅和柔软的地毯；那种伴随奢华、私密和空间而来的优雅、友善和尊严。当然，我们的母亲没有为我们留下可与之媲美的任何东西——我们的母亲要想凑集三万镑也难，我们的母亲为圣安德鲁斯①的教会牧师生养了十三个孩子。

　　于是，我起身返回下榻的小酒店。穿行在黝暗的街巷中，我禁不住想想这，又想想那，人们一天的工作结束后，每每如此。我想到西顿太太为什么没有留下一些钱财给我们；想到贫穷对心智的影响；想到财富对心智的影响；想到上午看到的肩上缀了毛皮的怪模怪样的老绅士；我记得如果有人呼哨一声，他们就会拔足奔跑；我想到小教堂里轰响的管风琴和图书馆紧闭的大门；我想到给人拒之门外有多么不愉快；转念一想，给人关在门里可能更糟；我还想到男性的安逸和富裕，女性的动荡和贫穷，传统

① 圣安德鲁斯，苏格兰地名。

的力量以及作家头脑中传统的缺失。最后，我想到，时候不早，应当收束起一天来夹缠不清的人生况味，连同种种论辩、印象、羞恼和欢乐，一起丢到哪个角落里。浩瀚的夜空中，群星闪烁。我好像独自面对一个神秘莫测的世间。所有的人都入睡了，横躺竖卧，一声不响。牛桥的大街小巷，空寂无人影。甚至旅馆的门，也像给一只看不见的手推开——没有杂役起身点灯，照我入房，夜竟深了。

第 二 章

现在的场景，如果我可以请大家继续听我讲，已经改变了。树叶仍然飘落，地点却是伦敦，不是牛桥，大家想象一间房间，像数不清的其他房间一样，有一扇窗，透过行人的帽子，街上的货车和汽车，可以瞥见别的窗子。房间里的桌上，铺一张白纸，写了**女性与小说**几个大字，再没有下文。继牛桥的午餐和晚餐之后，遗憾的是，似乎必然要访问大英博物馆。我必须滤掉所有这些印象中的个人和偶然因素，留取原汁，也即事物的本真。因为牛桥之旅，连同那里的午餐和晚餐，引出了许多问题。为什么男人饮酒，女人只能喝水？为什么此一性别的人如此富裕，彼一性别的人却如此贫穷？贫穷对小说有什么影响？艺术创作必须具备哪些条件？——无数个问题涌上心头。但我们需要的是答案，而不是问题；为此，就须请教那些有学问又不怀偏见的人，他们摆脱了口舌之争和肉体的困惑，将自己理性思索和探究的结果写成书，收藏在大英博物馆中。倘若在大英博物馆的书架上找不到真相，我拿起笔记本和铅笔，反问自己，还能到哪里去找呢？

我既有此自信和好奇，就收拾好东西，出门去探求真相。天气阴沉沉的,倒也没有下雨,博物馆邻近尽是些无遮拦的地下小煤库。一袋袋的煤炭倾泻下去;四轮马车驶来,在人行道上卸下捆扎好的纸箱,里面或许塞满了哪个瑞士或意大利家庭的四季衣裳,他们来此图一点好运,寻一处庇护,或在冬季里布鲁姆斯伯里①的小旅店安下身来,各自奔一个前程。街上,嗓音嘶哑的汉子推车兜售花卉。一些人吆喝;一些人有腔有调地唱。伦敦像一间工厂。伦敦像一部机器。我们都给在白布上穿梭般抛来抛去,织入某种图案。大英博物馆是工厂的另一个车间。推开弹簧门,来到恢宏的穹顶下,好像一种思想,装进了光滑的大脑门儿,周遭热热闹闹地围满名人。来到借阅台前;接过卡片;打开目录……这里的五个圆点分别代表麻木、惊愕和尴尬的五分钟。你可知道,一年的时间里,关于女人,会有多少种书问世?你可知道,这些书,又有多少是男人写的?我带了笔记本和铅笔,准备花费一上午阅读,以为离开时,我能把这方面的真相抄到笔记本上。然而,指望做到这一点,我想,我得有一群大象和一窝蜘蛛的本事,所以扯到这些生物,是因为据说它们的寿命最长,眼睛最多。我还需要铁爪铜喙,才能穿透那一层硬壳。我问自己,有什么办法从堆积如山的纸张中剥离出真相的果实,绝望之下,我开始上上下下打量长长的书目。光是书名,已经让我大开眼界。性别和它的本质自然会吸引医生和生物学家的注意,但让人惊讶和困惑的是,关于性别——也就是说女性的问题竟招惹来这么多人,有讨人喜欢的随笔作家、勤奋的小说家、攻读硕士学位的青年人、不学无术的闲人、除了不是女性好像与女性再没有关系的什么人。看起来,一些书纯属游戏之作,语多轻

---

① 布鲁姆斯伯里,伦敦的一区,邻近大英博物馆。

薄,但也有一些书是严肃的,有预言,有说教,有劝勉。只须读读那些标题,就不难想象有多少教师,多少神职人员登上讲台或布道坛高谈阔论,以致通常为此类主题安排的讲授时间远远不能让他们尽兴。这是一个极为奇怪的现象;显然——我查阅了男性论述条目——它只限于男性。女人不写关于男人的书。对此,我不禁由衷地感到宽慰,倘若我下笔之前,必须先读完男人写的关于女人的书,还要读完女人写的关于男人的书,到那时,恐怕百年一开花的龙舌兰已经开过两三回了。所以,我随意挑选了十几种书,登记在卡片上,又将卡片放到用绳牵引的借阅盘里,就像也来探究真相的其他人一样,等在我的座位上。

我禁不住纳闷,这种奇特的悬殊,不知原因何在,一边顺手在英国纳税人为旁的用途提供的登录卡片上乱写乱画。从目录上看,为什么男人对女人的兴趣要远远超过女人对男人的兴趣?这让人百思不得其解,我开始揣摩那些花费时间写书来讨论女性的男人。他们年老还是年轻,已婚还是未婚,长了酒糟鼻子还是弯腰驼背——无论如何,能成为众人瞩目的对象,毕竟让人有些飘飘然,只要他们不都是些老弱病残——我沉思着,直到一大堆图书倾泻到我的桌面上,打断了我的胡思乱想。麻烦随即出现了。受过专业训练的牛桥学生,想必有办法绕开枝节,引导他的问题直奔答案,像引导羊群直奔羊圈。比如,我身边一位埋头抄录科学手册的学生,我相信,每隔十分钟左右,都会从泥沙中淘出真金。他不时发出满意的咕哝声,无疑证明了这一点。但如果某人不幸没有受过大学教育,羊群就找不到圈,反而会像炸了窝一般,给猎狗追得东奔西突,乱成一团。教授、讲师、社会学家、神职人员、小说家、随笔作家和除了不是女性就与女性再无关系的什么人,蜂拥而上,纠缠我的一个简简单单的问题——女性为什么贫困——直到它拉扯出五十个问题；直到这五十个问题如坠入激流，载浮载沉，不知给冲向何方。我的本子上，每一页都涂满了笔记。为了表明我的思维状态，不妨拣一些读给大家听，此页的大字标题很简单：**妇女与贫困**，但接下来请看：

中世纪的妇女状况

斐济岛的习俗

给人作为女神崇拜的妇女

妇女的道德观的贫弱

妇女的理想主义

妇女自我意识的加强

南太平洋岛民，女子的青春期

妇女的诱惑力

作为献祭品的妇女

脑子偏小

强烈的下意识

体毛较少

脑力、品行和体力的低贱

溺爱儿童

寿命较长

感情强烈

感情的力量

妇女的虚荣

妇女的高等教育

莎士比亚论妇女

伯肯黑德爵士论妇女

英奇教长论妇女

拉布吕耶尔论妇女

约翰生博士论妇女

奥斯卡·勃朗宁论妇女……

这里,我长吁一口气,在本子的页边上续写道,为什么塞缪尔·巴特勒①说:"聪明男人从不说出对女人的想法"？其实,聪明人也从不说出对任何事的想法。我靠在座椅上,凝望巨大的穹顶,穹顶之下,我不过是个孤零零的但现在有些纷乱的意念而已,我接着想,遗憾的是,聪明的男人对女人的想法,从来都不一致。蒲伯②说:

> 女人大都没有个性。

拉布吕耶尔③:

> 女人好走极端,面对男人,或者逞强,或者示弱。④

两个同时代的明眼人针锋相对。女人能不能接受教育？拿破仑认为她们不能。约翰逊博士的看法恰恰相反。⑤ 她们有没有灵魂？野蛮人说她们没有。另一些人却认定女人的一半为神,并为此崇拜她们。⑥ 哲人断言她们头脑浅薄,另一些人却说她们

---

① 塞缪尔·巴特勒(1835—1902),英国作家,主要作品有乌托邦游记小说《埃瑞洪》和自传体小说《众生之路》。
② 蒲伯(1688—1744),英国诗人,著有长诗《夺发记》《群愚史诗》等。
③ 拉布吕耶尔(1645—1696),法国作家,著有《品格论》等。
④ 原文为法语。
⑤ "'男人知道女人是他们的强劲对手,因此他们选择女人中的最弱者和最无知者。他们倘不这样想,本不会惧怕女人知道得和他们一样多'……为了公允评价女性,我必须承认,在随后的谈话中,他告诉我,他并非随口说出这一番话。"博斯韦尔,《赫布里底群岛游记》。——作者注
⑥ "古代日耳曼人相信女人有其神性,遇事会请教她们,认为她们传达了神谕。"弗雷泽,《金枝》。——作者注

有更深刻的知觉。歌德膜拜她们,墨索里尼鄙视她们。男人时时想到女人,想法又各不相同。我想,关于这一切,你根本无法理出一个线索,对隔座的那位读者,我不觉心生妒嫉,他做的摘录井井有条,往往还分别冠以 A 或 B 或 C,我的笔记本上则像涂鸦一般,抄录了各种互相矛盾的东西。这真让人沮丧、尴尬、脸面无光。真谛从我手指缝里漏走,一滴也没剩下。

我知道,我不能就这样回家,不能将女人的体毛少于男人,或南太平洋岛民九岁、抑或是九十岁(我的手迹已经凌乱得难以辨认)进入青春期当做重大发现,了结关于女性与小说的研究。辛苦一上午,倘若拿不出什么更有分量或更像样的东西,实在很丢人。如果我弄不明白 W(为了行文简洁,我以此来称呼女性)问题的真相,今后又有什么必要关心 W 呢?这些有教养的绅士,人数众多,学问渊博,谙熟妇女和她们对政治、儿童、工资、道德等等随便哪类问题的影响,但看来向他们请教不过是平白耽误时间。我还不如从不打开他们的书。

我一边思索,只觉得无聊和绝望,就在本该像邻座一样书写结论的地方,信手描了一幅画像。我描画了一张面孔,一个轮廓。是冯 X 教授的面孔和轮廓,他正在撰写他的皇皇巨著,题为《论女性脑力、品行和体力的低贱》。在我的画面中,他不是那种招女人喜欢的男子。他身材臃肿;颧骨很大;为保持平衡,长了一对小眼睛;两颊通红。从他的表情上可以看出,他在伏案疾书时,情绪激荡,笔尖戳在纸面上,像在诛杀害人的虫豸,眼见小虫毙命,兀自不甘心,非得继续扫荡下去,即使如此,仍然有余怒未消。我看着手中的画儿,暗自思忖,莫非该怨他的妻子。她可是爱上了一位骠骑兵军官?那军官可是长身玉立,风度翩翩,着一袭羔羊皮戎装?或者,按照弗洛伊德的理论,教授是否还躺在摇篮时，曾经给一位漂亮女孩儿嘲弄过？我想，恐怕摇篮里的他，也是个不招人疼爱的小可怜。不管原因何在，我笔下的教授正在埋头著书，论述女性脑力、品行和体力上的低贱，他看上去非常愤怒，非常丑陋。画画儿也是件百无聊赖的事儿，非如此不能打发一上午的徒劳。然而，我们的百无聊赖，我们的梦幻，有时反而凸现出潜在的真实。心理学的一项基本训练——且不必为它冠上心理分析的美名——告诉我，素描中怒气冲冲的教授是我造成的。当我胡思乱想时，愤怒攫取了我的笔。但我的愤怒又所为何来？好奇、困惑、开心、烦闷——一上午接续产生的所有这些情绪，我都可以说明它的来龙去脉。难道愤怒这条黑蛇也杂入其中？从画面中看得出，我确实愤怒了。我的愤怒无疑是针对一本书，一种表述，是它引来了魔鬼；我指的是教授声称的女性在脑力、品行和体力上的低贱。我的心剧烈跳动，面颊灼热。我感到怒火中烧。教授的话尽管愚蠢，本来也没有什么引人注目之处。不过，望望邻座喘着粗气、戴一条制式领带、半个月没刮胡子的学生，我想，你总不会喜欢有人说，你天生比这个小男人还要低贱。人难免有些愚妄的虚荣。怕是人的本性如此，我边想边在教授愤怒的面孔上画车轮和圆圈，直到他看起来成了燃烧的灌木，或喷火的彗星——总而言之，一个没了人的面目或特征的怪物。教授现在渺不足道，不过是汉普斯特德绿野①上一簇篝火。于是，我也心中释然，不再愤怒了；但仍然感到好奇。如何解释教授们的愤怒呢？他们为什么要愤怒？倘若分析一下这些书给人留下的印象，必然会感受到书中的强烈情

---

① 汉普斯特德绿野，位于伦敦西北，面积约 800 公顷，为一自然保护区，有大片野生林地。

绪。这些情绪形式不一:或嘲讽,或感伤,或好奇,或指斥。但还有另外一种情绪始终存在,却难以明显察觉。我称之为愤怒。是愤怒潜藏在深处,与所有其他情绪交织在一起。从它产生的诡异效果来看,这种愤怒是复杂的,遮遮掩掩的,而不是单纯的,光明正大的。

不管怎样吧,我看着桌上的一大堆书想,所有这些书对我都没有用处。它们在科学上毫无意义,虽说书中不乏人生训诲、趣谈、絮聒,乃至关于斐济岛民习俗的奇闻。它们写来是为了宣泄,而不是为了求真。因此,最好还是把它们退还中央服务台,摆回蜂巢般的巨大书架上的本来位置。整个一上午,我能检索到的不过是一个关于愤怒的事实。教授们——我对他们的统称——很愤怒。还书之后,我问自己,这却是为的什么,走到柱廊之下,置身于鸽子和史前的独木舟中间,我不禁又问,他们为什么要愤怒? 我反复思忖这个问题,信步寻找一处地方吃午饭。这个问题让我放心不下,在大英博物馆近旁一家小餐馆里用餐时,又随饭菜一道端上餐桌。离座的用餐者将晚报的午间版丢在椅子上,等待上菜时,我开始浏览上面的标题。一道大字通栏标题:某某人南非大发横财。稍小的一些标题称,奥斯汀·张伯伦爵士①现在日内瓦。地下室惊见利斧粘有人的毛发。法官某某先生就女性的缺乏羞耻心发表评论。还有其他新闻散见于报纸上。电影女演员缒下加利福尼亚的一处山顶,悬在半空。天气将晴转多雾。我想,即使来去匆匆的星外访客,拾起报纸看看这些零零碎碎的报道,也能明白英国处于男性统治下。理智健

---

① 奥斯汀·张伯伦爵士(1863—1937),英国保守党领袖,1924—1929 年任外交大臣,1925 年获诺贝尔和平奖。

全的人，都会意识到教授的支配地位。他代表权力、金钱和影响力。他是报业乃至编辑和编辑助理的业主。他是外交大臣和法官。他是板球俱乐部老板；他拥有赛马和游艇。他是让股东赚上百分之二百的公司总裁。他捐赠上百万英镑给自己管理的慈善事业和大学。他将电影女演员缒在半空。他有权决定斧头上的毛发是否来自人体；他还有权宣判杀人犯有罪或无罪，上绞刑架还是当庭释放。除了管不了晴转多雾，没有什么事情不在他控制之中。然而他却很愤怒。而且我也知道他很愤怒。阅读他谈论妇女的文字，我想的不是他说些什么，而是他本人。立论者下笔，如果心平气和，那么，他想的只是自己的论点，读者关注的必然也只是他的论点。如果他心平气和地写文章讨论妇女问题，列举无可辩驳的事实，证明他的论点，让人看不出他有意得出某一个结果，而非另一个结果，我自然也不会感到愤怒。我会接受事实，就像我必须承认豌豆是绿的，金丝雀是黄的。我会说，还能怎么样呢。然而，因为他愤怒了，我也感到愤怒。我随手翻阅晚报，心中想，如此位高权重的男人竟还要动怒，这似乎有些荒唐。或者，我不免疑惑，权力大了，脾气也大，像鬼怪附体？比如，富人时常恨恨的，因为他们怀疑穷人想劫掠他们的财富。教授们，或者不妨更准确地称呼他们为大家长，他们之所以愤怒，固然有这方面的原因，但还有一些深层原因，就不那么明显了。兴许，他们根本并不"愤怒"，实际上，在私人生活的与女性的关系中，他们往往更多赞美和虔敬，堪称楷模。很可能，教授先生有点过分地强调女人的低贱时，他满脑袋想的不是她们的低贱，倒是自己的优越。这才是他气急败坏地竭力维护的东西，是他的无价之宝。我望着街上挤挤挨挨的行人，心中思量，生活对男女两性都不容易，充满艰辛，是一场无休无止的拼搏。

人必须要有巨大的勇气和力量。或许,对我们这些充满幻觉的造物,最当紧的是要有自信。没有自信,人就像摇篮里的婴儿。可我们如何才能尽快具备这一无从捉摸却又极其珍贵的品格呢?不妨设想其他人都不如自己。想象自己生来比其他人优越,或富,或贵,或长了挺直的鼻梁,或家藏罗姆尼①手绘的先祖肖像,好在人类的想象力自有无穷手段激发优越感。因此,一个大家长,需要征服,需要治理,对他来说,最重要的是俯视众生,觉得有无数人,其实占了人类的一半,天生比他低贱。力量的一个主要来源,想必就在于此。不过,我想,我何不联系现实生活来印证我的说法。这是否有助于解释人们在日常生活中注意到的某些心理困惑?这是否能解开我某日的心结,当时,一向温文谦挹的 Z 先生②拿了丽贝卡·韦斯特③的一本书,翻阅其中的一页,突然失声叫道:"彻头彻尾的女权主义者! 她说男人都是市侩!"他的愤怒,让我非常吃惊,韦斯特小姐对另一个性别的人说些可能正确但不那么中听的话,何以就成了彻头彻尾的女权主义者?我想他是在为受伤的虚荣心而呻唤,不仅如此,也是在抗辩有人侵害他的自尊。千百年来,女性就像一面赏心悦目的魔镜,将镜中男性的影像加倍放大。没有这种魔力,世界恐怕仍然遍布沼泽和丛林。世人也无从体会我们经历的一切打打杀杀的荣耀。我们还在羊的残骸上刻划鹿的轮廓,要么以燧石交换羊皮或者无论什么样的简陋装饰品,只要它能满足我们尚未

---

① 乔治·罗姆尼(1734—1802),英国画家,擅长肖像画。

② 即德斯蒙德·麦卡锡(1877—1952),英国作家,评论家,亦为布鲁姆斯伯里文化圈中一员,著有《肖像》《萧伯纳》等。

③ 丽贝卡·韦斯特(1892—1983),英国小说家,评论家,著有长篇小说《士兵归来》《法官》等。

开化的鉴赏力。超人和命运之手从没有出现过。沙皇和凯撒既不曾戴上皇冠，又不曾丢掉皇冠。这面魔镜，不管在文明社会中有什么用途，对一切暴力或英雄行为都是不可或缺的。拿破仑和墨索里尼大谈女人的低贱，原因就在这里了，女人倘若不低贱，他们自然无从膨胀。这就部分解释了男人为什么常常如此需要女人。这也解释了男人面对女人的责难，为什么会很不自在；女人数说这本书写得不好，那幅画没有力度，或者其他什么，为什么往往会刺痛男人或激怒他们，而别的男人作同样的批评，伤害就小得多。因为一旦她开始讲真话，镜中的影像便会萎缩；他在生活中位置也随之动摇。叫他如何继续宣布判决，教化国民，制定法律，著书立说，或者盛装打扮后到晚宴上去高谈阔论，除非他在早餐和午餐时看到自己的形象比实际大出一轮？我思索着，撕碎了面包，搅动咖啡，不时看一看街上的行人。镜中的影像无比重要，它给人充注活力，刺激神经系统。移开影像，许多人只怕活不成，就像禁绝了瘾君子嗜好的可卡因。我望着窗外想到，街上的半数人，竟是怀了这样的幻觉，出门做事。早上，温煦的晨光下，他们穿戴整齐。一日之始，他们精神振作，充满信心，相信某位史密斯小姐的茶会在恭候他们；他们走进房间时对自己说，我比这里的一半人都高贵，讲起话来，势必多了自信和自许，这对公共生活产生了深刻的影响，也在个人思想的空白处，留下了多少离奇的印记。

　　男性心理是一个危险而又诱人的主题，我希望，等大家自己拥有五百英镑的年入时，不妨深入探究一番，但我对这一主题的思索，却因为必须要付账单而戛然中止。我递给侍者一张十先令的钞票，他走开去找钱。我的钱包里还有另外一张十先令的钞票；我注意到它，因为这是个始终令我激动的事实——我的钱

31

包能够自动生成十先令的钞票。我打开钱包,钞票就在那里了。社会供我鸡肉和咖啡,床和寓所,换取一定数量的纸币,纸币是一位姑姑留给我的,没有别的原因,只因为我与她同宗。

我必须告诉大家,我的姑姑,玛丽·贝顿,是在庞贝骑马兜风时不慎坠马死去的。我在晚间得知获赠遗产的消息,与此同时,给予妇女投票权的法案刚刚通过。邮箱里有一封律师信函,我拆开信,发现姑姑留给我一笔五百英镑的终生年金。投票权和金钱二者之间,金钱,属于我的金钱,似乎无疑重要得多。在此之前,我靠从报社讨些零活儿谋生,今天报道乡间集会,明天报道婚典;我还靠书写信封、为有钱的老妇人读书、制作假花、教一家幼儿园的孩子识字赚取几个英镑。一九一八年之前,向女性开放的职业,主要就是这些了。我想,我不必细细描述工作中的艰辛,或许大家都认识做过这些活计的女性;当然,也不必细细描述靠赚来的这点钱维持生活的难处,大家可能都是过来人。但比起这二者,当年的生活带来的恐惧和辛酸,却是一些更为深重的苦痛,至今仍然咬噬我的心灵。首先,你不得不去做本不情愿的事情,而且要像奴隶一样,不断讨好和逢迎,也许不必总是如此,但似乎需要如此,利害攸关,谁也不敢心存侥幸;其次,是想到我的那一点写作才能,虽然没有什么了不起,但对个人却弥足珍贵,任其埋没,会让我觉得生不如死,然而,它却渐渐消亡,连同我自己,我的灵魂。所有这些,犹如铁锈一般,侵蚀春日的花蕊,咬空了树心。然而,如我说过的,姑姑死了;每次我换开一张十先令的钞票,铁锈和它造成的腐蚀就像褪掉一层;恐惧和辛酸消失了。我将找回的镍币放入钱包,不禁思忖,真的,回首旧日的酸楚,一笔稳定的收入竟可以让人的情绪发生偌大的变化。世上没有力量能够夺去我的五百英镑。食品、房屋和衣服永远属于我。不仅再不需要劳神费力，怨怼与痛苦也不复存在。我没必要敌视男人，他无法伤害我。我没必要取悦男人，他不能给我任何东西。不知不觉中，我发现自己对人类的另外一半有了新的认识。笼统谴责哪个阶级或哪个性别，都是荒谬的。群体从来不对他们做过的事情负责。他们受到自己也无力控制的本能驱动。他们，大家长、教授，同样也须面对无穷的麻烦和可怕的问题。在某种程度上，他们所受的教育和我一样，也是不完善的。这给他们造成了同样严重的缺陷。不错，他们有钱有势，但心中像揣了一只兀鹰，一只秃鹫，无时无刻不在撕扯他们的心肝，啄食他们的肺腑——占有的本能，聚敛的冲动，驱使他们时刻觊觎他人的领地和财货；开拓疆土，炫耀武力；打造战舰，发明毒气；贡献自己的生命和儿女的生命。穿过海军拱门①（我已经来到这座纪念物前），或任何摆设了战利品和大炮的大街，想一想那里颂扬的荣耀。或看看春日的阳光下，经纪人和大律师奔入室内，忙于赚钱，更多的钱，更多更多的钱，而一年五百英镑已足够让人舒适地享受阳光。我想，怀有这些冲动实在讨厌。它们是某种生活状态的产物，是蒙昧时代的产物，我思索着，面前耸了坎布里奇公爵②的雕像，三角帽上插的羽毛格外抢眼，它们几乎从来没让我这般专注地凝视过。当我意识到人的这些不完善，恐惧和辛酸逐渐化为怜悯和宽容；一两年间，怜悯和宽容也消失了，我获得大解脱，开始心平气和地看待事物。比如，这幢建筑，我喜欢还是不喜欢？这幅画儿，美还是丑？这本书，好还是歹？实际上，姑姑的遗产拓宽了我的眼界，以一方开放的天地，取

---

① 海军拱门，1910 年为纪念维多利亚女王而建，临近白金汉宫。

② 坎布里奇公爵，即阿道弗斯·弗雷德里克·汉诺威（1774—1850），父亲为英王乔治三世。

代了弥尔顿要我去无限景仰的一位绅士的高大而威严的身影。

东想西想，我走上了沿河岸回家的道路。灯光一盏盏点亮，从清早时分到现在，伦敦发生了难以描述的变化。仿佛转动了一天的巨大机器，在我们的帮助下，织造出几码什么东西，美丽得让人惊叹——像燃烧的织物，上面有红色光环闪烁，又像斑斓猛兽，口吐热气咆哮着。甚至晚风也像一面旗，击打房屋，摇得围篱格格作响。

但我的小街上，仍是一派家常。房屋油漆匠从梯子上走下；保姆小心推了婴儿车进进出出，送孩子去进餐；送煤工人叠好空的麻袋，码放整齐；戴了红手套的菜店老板娘忙着清点一天的进项。然而，我沉浸在你们交待给我的这个问题中，即使眼前的寻常景象，也都绕回到一个中心上来。我想的是，比起一百年前，现在真的很难说清究竟哪个职业更高尚，更有必要。做一个送煤工人和保姆是否更好；养活了八个孩子的女佣，其对世界的价值，是否低于挣了上万英镑的律师？提出这些问题毫无意义，因为没人能给出答案。女佣和律师的相对价值，不仅年复一年地时涨时落，即使就当下的价值而言，我们也没有一个衡量标准。要求教授拿出"无可辩驳的事实"，说明他的关于妇女的种种论点，倒显得我很愚蠢。即使人们能说出当下每一种才能的价值，但价值会不断变化；很可能一百年后，它们已经全然不同了。此外，一百年内，我边想边踏上门前的台阶，女性将不再是受保护的性别。照道理来看，她们将参与一切本来不能参与的活动和劳作。保姆会去送煤。老板娘会去开火车。当女性仍然是受保护的性别时，人们根据观察到的事实作出了各种假设，所有这些假设都将失去意义——比如（此刻，有一队士兵走过街头），妇女和牧师和花匠的寿命比其他人长。取消对妇女的保护，让她们参与同样的劳作和活动，成为士兵、海员、火车司机和码头工人，妇女岂不是会比男人死得早得多，快得多，那时，人们说"今天我瞧见一个女人"，怕就像说"我瞧见一架飞机"一样透着稀罕。一旦做女人不再成为一项受保护的职业，什么事都会发生，想到这里，我打开了门。不过，这同我的主题——女性与小说又有什么关系？我问自己，迈步走进屋内。

第 三 章

傍晚归来，没有带回什么重要结论或可靠事实，岂不让人沮丧。女性比男性贫穷，因为——如此如此。或许，还是放弃探究真相，听任脑袋里装满岩浆一般炽热、洗碗水一般混沌的成见。最好是拉上窗帘；抛开困惑；点上灯；缩小探求的范围，求助记载事实而不是成见的历史学家，请他们描述女性的生活状况，不必拉扯古往今来，只要说明在英国是怎样，比如，在伊丽莎白时代。

有一件事情时时困扰我，为什么在这类文学中，女性不曾留下只言片语，而男子似乎人人都能歌诗。我问自己，妇女究竟生活在怎样的状态下；因为小说虽然需要想象力，却不是从天而降，像石子坠落地面，科学或许才是如此；小说像一道蛛网，看去飘飘无依，却四下里伸展，依附于生活。这种依附往往很难察觉，比如莎士比亚的剧作，似乎无牵无挂，凭空悬在那里。但晃晃这张网，拉拉四边，扯扯中间，你就会想起，它不是给什么精灵古怪在半空中织就，倒是人们呕心沥血的结晶，依赖于种种大体上有形的东西，像健康啦，金钱啦，还有我们安身的房间。

因此，我走到插了历史书的书架前，取下最新出版的一本书,是特里威廉教授①的《英国史》。我再度检索"妇女"词条,发现了"妇女地位"一节,翻开相关部分,我读道:"殴打妻子是男人公认的权利,无论是上等人,还是普通百姓,都不以行使这一权利为耻,"这位历史学家又说:"女儿如果拒绝嫁给父母为她选择的丈夫,很可能会被关在屋里,遭受拳打脚踢,公众对此也不吃惊。婚姻不问个人情感,它只关乎家庭贪欲,尤其是在'温情脉脉'的上流社会……往往一方或双方还在摇篮中,婚约已经定下,刚刚离开保姆,就须完婚。"这是一四七〇年的事情,乔叟时代刚过去不久。书中再次说到妇女问题,背景已挪到二百年后的斯图亚特时代。"上、中阶层的妇女,仍然鲜有人能自由择婿,而她的丈夫一经派定,就成了当家的夫君,至少法律和习俗是这样认定的。但即使如此,"特里威廉教授断言:"莎士比亚笔下的女性,以及十七世纪那些可信的回忆录,例如弗尼和哈钦森的回忆录,似乎都不乏个性和品格。"确实,如果我们想一想,克莉奥佩特拉显然自行其是;我们可以说,麦克佩斯夫人有其自己的意志,还可以说,罗莎琳德是一位动人的姑娘。特里威廉教授谈论莎士比亚的女性不乏个性和品格,显然并非虚言。如果不是历史学家,人们还不妨走得更远些,言道打从洪荒初辟,在所有诗人的所有作品中,女性都像烈焰熊熊的灯塔——剧作家笔下的克吕泰墨斯特拉②、安提戈涅③、克莉奥佩特拉④、麦克佩斯夫人⑤、菲德拉⑥、克瑞

---

① 即乔治·麦考莱·特里威廉(1876—1962),英国历史学家,曾任剑桥大学教授,三一学院院长,著有《十九世纪英国史》《英国社会史》等。
② 古希腊三大悲剧作家之一埃斯库罗斯的《阿迦门农》中女主人公。
③ 古希腊三大悲剧作家之一索福克勒斯的《安提戈涅》中女主人公。
④ 莎士比亚历史剧《安东尼和克莉奥佩特拉》中女主人公。
⑤ 莎士比亚悲剧《麦克佩斯》中女主人公。
⑥ 拉辛悲剧《菲德拉》中女主人公。

西达①、罗莎琳②、苔丝狄蒙娜③、马尔菲公爵夫人④;文学家笔下的美拉芒特⑤、克拉丽莎⑥、比奇·夏普⑦、安娜·卡列尼娜⑧、爱玛·包法利⑨、居蒙特夫人⑩——一连串的名字涌上心头,没有谁让人感到女性"缺乏个性和品格"。不错,女性如果只存在于男人写的小说中,人们会想象她是个极其重要的人物;多姿多彩;崇高或猥琐;明丽或污秽;天姿国色或丑陋无比;像男人一样高贵,有人认为比男人还高贵。⑪ 但这是小说中的女性。实际上,如特里威廉教授指出的,妇女是被关在屋里,遭受拳打脚踢。

---

① 莎士比亚剧《特洛伊罗斯与克瑞西达》中女主人公。
② 莎士比亚喜剧《皆大欢喜》中女主人公。
③ 莎士比亚悲剧《奥赛罗》中女主人公。
④ 英国剧作家约翰·韦伯斯特悲剧《马尔菲公爵夫人》中女主人公。
⑤ 英国风俗喜剧作家威廉·康格里夫的《如此世道》中女主人公。
⑥ 英国小说家塞缪尔·理查逊的书信体小说《克拉丽莎》中女主人公。
⑦ 萨克雷《名利场》中女主人公。
⑧ 托尔斯泰《安娜·卡列尼娜》中女主人公。
⑨ 福楼拜《包法利夫人》中女主人公。
⑩ 普鲁斯特《追忆逝水年华》中人物。
⑪ "在雅典娜的城邦,女性受到东方式的压迫,犹如宫女或苦役,但始终令人奇怪和不可索解的是,就在这里,舞台上竟然出现了克吕泰墨斯特拉和卡珊德拉,阿托萨和安提戈涅,菲德拉和美狄亚乃至其他更多的女主人公,主宰了'憎恨女人的'欧里庇得斯的一出又一出戏剧。世间的事情,颇多悖谬,在现实生活中,贵妇人曾不能独自上街抛头露面,而在舞台上,女人却与男人平等,甚至超过他们,对此,从来没有一个圆满的解释。在现代悲剧中,女性主宰的现象同样存在,草草浏览一番莎士比亚的作品(乃至韦伯斯特,但马洛或本·琼生或有不同),就可以看出,从罗莎琳德到麦克佩斯夫人,女性的主宰,女性的主动始终一脉相承。在拉辛那里,情况也是如此,他的六部悲剧,都以女主人公命名;他笔下有哪个男性角色,可与赫尔弥俄涅和安德罗玛克,贝蕾奈西和罗克珊,菲德拉和爱丝苔尔相比照?还有易卜生,面对索尔微格和娜拉,海达和希尔达·房格尔和丽贝卡·韦斯特,哪个男性角色能与她们比肩而立?"F. L. 卢卡斯,《论悲剧》。——作者注

如此一来,就出现了一个非常古怪和复杂的造物。在想象中,她尊贵无比,而在实际中,她又微不足道。诗卷中,她的身影无处不在;历史中,她又默默无闻。她主宰了小说中帝王和征服者的生活;其实,只要男人的父母能强使她戴上戒指,她就成了那个男人的奴隶。文学中,时时有一些极其动人的言辞,极其深刻的思想出自她口中;而现实生活中,她往往一不会阅读,二不会写字,始终是丈夫的附庸。

　　读罢历史,再读诗章,人们会看到一个畸形的怪物——像是蠕虫,却长了天使的翅膀;像是生命和美的精灵,却关在厨房里剁板油。然而,这些怪物,不管想象中有多么生动,实际上并不存在。要想让她活灵活现,必须带着诗意去想象,同时,又把她寻常看待,免得模糊了事实——比如,她就是马丁太太,蓝裙、黑帽、棕色鞋子;然而,也不能没有一点虚构——她的身上,体现了种种飞扬鼓荡、流转不息的精神和力量。不过,将这种方法用于伊丽莎白时代的女性,你又会堕入迷雾中,事实的缺乏,让人一筹莫展。你不掌握任何细节,对她没有确切和具体的了解。历史对她从来不闻不问。我回过头来翻看特里威廉教授的书,想弄清他对历史的解释。纵观书中各章的标题,历史似乎意味着——

　　"采邑和露地耕种方法……西多会修女和牧羊业……十字军东征……大学……下议院……百年战争……玫瑰战争……文艺复兴时期的学者……修道院的解体……农业和宗教争斗……英国海上霸权的起源……无敌舰队……"等等,等等。偶尔,会提到某位女性,某位伊丽莎白女王或玛丽女王;某位皇后或贵夫人。但你绝不会见到中产阶级妇女投身于任何一场重大运动,如果她们除了头脑和个性,其他一无所有,而正是这些前后接续的运动,构成了历史学家的历史观。在林林总总的奇闻轶事中,你找不见她的踪影。奥布里①很少讲到她。她也只字不提自己的生平,几乎从来不写日记;她只有不多的几封书信存世。她没有留下剧本和诗歌,让我们能够对她作出评价。我想,人们需要的是一大堆材料,但纽纳姆女子学院或戈廷女子学院一些才华出众的学生为什么不能提供有关材料呢?她什么年纪结婚,通常有多少子女,住宅是怎样的,有没有自己的房间,是否下厨烧饭,是否使唤佣人?所有这些事实都藏在不知何处,很可能,藏在教区的名册和账簿中;伊丽莎白时代平民女子的生活状况一定散见于什么地方,可有人能把它们搜集起来,敷衍成文。我一边在书架上搜寻那些本不存在的书籍,一边想,只怕我并不敢大刺刺地建议这些名校的学生改写历史,虽然我认为,现在的历史有些怪异、失真、偏袒一方;她们何以不能为历史增补一章?当然,标题不必太显豁,这样,妇女的出场就不致过于张扬?因为人们时时在大人物的生活中瞥见她们,给人漫不经心地掩在背景中,我有时会想,你甚至看不清她们的一颦一笑,或许还有眼角的泪水。毕竟,我们听够了简·奥斯丁的生平行状;似乎也再没有必要关注乔安娜·贝利②对埃德加·爱伦·坡的诗作的影响;就我而言,我并不在乎玛丽·拉塞尔·米特福德的住宅和出没处向公众至少关闭一百年。令我感到悲哀的,我望望书架接着思量,是十八世纪之前女性的默默无闻。我的脑海里,找不到什么模特供我仔细想一想。我在这里,叩问伊丽莎白时代的女

---

① 约翰·奥布里(1626—1697),英国文物研究家,作家,撰有同时代人的多篇传记小品。

② 乔安娜·贝利(1762—1851),英国诗人、剧作家,写有一系列关于情欲的素体诗剧。

性为什么不写诗,我不清楚她们受到什么教育;是否学习写字;
是否有自己的起居室;有多少妇女二十一岁之前已经生儿育女;
总之,她们每天从早上八点到夜晚八点都做些什么。她们显然
没有钱;按照特里威廉教授的说法,她们还没有成年,就不管情
愿与否,早早完婚,很可能只有十五或十六岁。即使这一切都清
楚,我敢说,她们当中要有一人突然写出了莎剧,怕才是咄咄怪
事,我忆起有一位现已故去的老绅士,我想他曾做过主教,据他
宣称,过去、现在和将来,女人都不会具备莎士比亚的天才。他
给报纸写些这类东西。他还对一位向他求教的夫人说,实际上,
猫是进不了天堂的,接着又说,虽然猫也有某种灵魂。这些老人
家为了救苦救难,想得可有多深远!经他们指点,我们真能长不
少见识!猫进不了天堂。女人写不出莎剧。

　　无论如何,望着书架上的莎士比亚著作,我禁不住想,主教
至少在这一点上是对的;没有女人、绝对没有女人能够在莎士比
亚的年纪上写出莎士比亚那样的剧作。既然很难找到事实,我
不妨想象一下,假如莎士比亚有一个天资聪颖的妹妹,比如叫朱
迪丝,情况会是怎样的。非常可能,莎士比亚——他母亲继承了
一笔遗产——进了文法学校,在学校里,学习拉丁文——奥维
德①、维吉尔②、贺拉斯③,还有文法和逻辑原理。众所周知,他
是个顽劣的儿童,到他人的地界偷猎野兔,可能还射杀了一头
鹿,而且,年纪不大,就仓促娶了邻家女子,不到该当的时候,又
早早生出了孩子。一番胡闹之后,只好远走伦敦,碰一碰运气。
他似乎迷上了戏剧,最初,是在剧院边门替人牵马。不久,就加

---

① 奥维德(公元前 43 年—公元 17 年),古罗马诗人,著有长诗《变形记》等。
② 维吉尔(公元前 70 年—前 19 年),古罗马诗人,著有史诗《埃涅阿斯纪》等。
③ 贺拉斯(公元前 65 年—前 8 年),古罗马诗人,著有《讽刺诗集》《书札》等。

入剧团，成为当红的演员，从此跻身浮华世界，交游又广，识的人又多，他有时登台演出，有时当街卖艺，甚至出入宫禁，为女王演戏。与此同时，且让我们假定，他的妹妹，尽管很有天分，却留在家中。她像莎士比亚一样不安分，爱幻想，渴望出外见见世面。然而，父母不让她上学。她没有机会学习文法和逻辑，更不要说研读贺拉斯和维吉尔。她间或抓起一本书，可能是哥哥丢下的，读上几页。但父母走进房来，让她要么做点针线，要么去照看灶上煮的饭食，别尽顾捧了书本或纸片，平白耽误工夫。他们出语尖刻，心思却慈悲，因为他们是本分人家儿，知道女人的生活状态，也爱他们的女儿——其实，父亲倒是把她当心肝宝贝一般看待。她也许会躲到阁楼上偷偷写几页纸，小心收藏好，或者举火烧掉。不久，她还不过十几岁年纪，父母就把她许配给邻近羊毛商的儿子。她讨厌这桩婚事，又哭又闹，为此遭父亲痛打。后来，父亲不再责骂她，转过头来求女儿不要惹他伤心，不要在婚姻大事上让他丢脸。他说，他会给她买一串项链或一条漂亮裙子，说着，已经声泪俱下。她怎么能这样不听话呢？怎么能惹他心碎？却总是天生的一点风流格调，让她欲罢不能。她将自己的衣物收拾成一个包裹，夏夜里从窗上缒下，直奔伦敦。当时，她还不足十七岁。树篱间鸟儿的鸣啭也比不上她的声音动听。她像哥哥一样，对音韵有天生的敏感。而且，她也迷恋戏剧。她来到剧院边门，她说，我想演戏。男人们听罢讪笑起来。剧院经理——一个身材肥胖、口无遮拦的家伙——捧腹大笑，聒噪些鬈毛狗撒欢儿和女人演戏什么的。他言道，没听说女人也能当戏剧演员。他还暗示——大家清楚他会暗示些什么。她找不到地方接受职业训练。莫非让她去小酒馆就餐，或者夜深了还在街头闲荡？不过，她的天分在于小说。她渴望观察男男女女的生活,研究他们的心性,从中汲取丰富的素材。最后——她还很年轻,长得酷似诗人莎士比亚,前额饱满,眼睛灰蒙蒙的——最后,演员经理尼克·格林心生怜悯,收留了她;她发现自己怀了这位绅士的孩子。因此——诗人的心禁锢在女人的身体内,谁又能说清它的焦灼和暴烈——一个冬日夜晚,她自杀了,死后葬在某个十字街口,近旁,大象城堡之外,现在有客车停靠。

在莎士比亚时代,我想,女子生就莎士比亚的天才,大概就会敷衍出这样一段故事。但就我而言,我倒同意那位主教的话,如果他确曾做过主教,他说,难以想象莎士比亚时代的女性会生就莎士比亚的天才。因为莎士比亚般的天才,不会出现在辛苦劳作、目不识丁的卑贱者中。不会出现在英国的撒克逊和不列颠人中。也不会出现在当今的工人阶级中。而按照特里威廉教授的说法,女性几乎还在幼年,已经在父母的督促下开始劳作,法律和习俗也竭力维护这种做法,试想,她们又如何能够孕育出莎士比亚这份天才? 然而,女性中想必有一些天才,就像工人阶级中也有天才。时不时地,就会有一个埃米莉·勃朗特或罗伯特·彭斯①崭露头角,证实天才的存在。但当然,从来没有人将它记载下来。不过,只要读到女巫给人溺死,女子遭魔鬼附体,兜售草药的看相女人,甚至出类拔萃的男士背后的母亲,我想,追踪下去,必会发现埋没的小说家,受压抑的诗人,某位默默无闻的简·奥斯丁,某位将血泪抛洒在沼泽地里,或者在路边游逛,装神弄鬼,给自己的天赋折磨得发狂的埃米莉·勃朗特。甚至,我可以大胆猜测,无数从来不曾署名的诗篇,往往出自女性

---

① 罗伯特·彭斯(1759—1796),苏格兰诗人,主要用苏格兰方言写诗,代表作有《自由树》《一朵红红的玫瑰》等。

之手。我记得，爱德华·菲兹杰拉尔德①认为，是一位女性创作了民谣和民歌，哼唱给她的小儿女，打发她纺织时的无聊，或消磨冬日的漫漫长夜。

这些可能是真，可能是假——有谁知道呢？——但对我来说，其中自有真实之处，想想我刚才编出的莎士比亚的妹妹的故事，可知十六世纪时，女子天赋过人，必然会发疯，或射杀自己，或离群索居，在村外的草舍中度过残生，半巫半神，给人畏惧，给人嘲弄。只须略具心理学方面的知识，就会明白，一个天禀聪颖的女子，要想将才华用于诗歌，除了旁人百般阻挠，自己心中歧出的本能也来折磨她，撕扯她，最终，必然落个身心交病的结局。任何女子，只要来到伦敦，站在剧院门前，设法见到演员经理，都会在此过程中伤害自己，感受一种或许没有来由——因为贞洁或是某些社会出于不可知的原因造成的执迷——但却必不可免的痛苦。当时乃至现在，贞洁在女性的生活中都有其宗教上的重要性，它与女性的身心纠结缠绕，要想将它剥离出来，暴露在光天化日之下，需要有绝大的勇气。十六世纪时，伦敦的自由生活对身为诗人和剧作家的女性来说，意味着精神上的压力和困窘，完全有可能把她推向绝路。即使她活下来，精神的紧张和病态，也会令她写出的东西发生扭曲和畸变。我望望书架，上面没有女性的剧作，我想，毫无疑问，她的作品是不会署名的。她一定会如此来保护自己。甚至晚到十九世纪，贞洁观的遗风仍然迫使女人隐姓埋名。科勒·贝尔②、乔治·爱略特、乔治·桑，无一不是他们内心冲突的牺牲品，这从她们的写作中可以看出

---

① 爱德华·菲兹杰拉尔德(1809—1883)，英国作家，曾翻译波斯诗人俄谟·迦亚谟的《鲁拜集》，译作成为英国文学名著。

② 科勒·贝尔，夏洛蒂·勃朗特的笔名。

来,她们徒劳地使用男子姓名掩饰自己。如此一来,她们就迎合了常规,囿于常规,女人抛头露面是可耻的,而这一常规,即使并非由男性树立,至少也经过他们大力鼓吹(伯里克利①说,女人的荣耀不在为人津津乐道,他本人倒是时常给人挂在嘴边)。隐姓埋名的习性渗透在她们的血液中。掩饰的愿望仍然制约她们。时至今日,她们也不像男人一样念念不忘自己的名声,一般来说,行过墓碑或铭牌,她们不会产生难以压抑的冲动,巴望刻下自己的大名,像阿尔夫啦、伯特啦或蔡斯啦,出于下意识必然要做的那样,看见漂亮女人走过,甚至看见一条小狗,也会咕哝说,这只小狗是我的。当然,也可能不是一条小狗,我想起了议会广场②、西格斯·阿利③和其他大街;可能是一块土地或一名生有鬈曲黑发的男子。做女人也有一点极大的好处,人们见到俊俏的黑人女子,不会心想把她造就成英国女人。

那么,一个具有诗人气质的女人,生在十六世纪,必是不幸的女人,只会自己折磨自己。要想释放头脑里的无论怎样的才智,需要具备某种精神状态,而她周遭的所有条件,她的全部直觉,处处都与这种精神状态相抵牾。然而,我问自己,怎样才是最适宜创造活动的精神状态。一种状态,增强和促成了不可思议的创造活动,但人们能否对它产生任何感知?我翻开莎士比亚的悲剧。比如,莎士比亚写下《李尔王》和《安东尼和克莉奥佩特拉》时,处于怎样的精神状态?显然,这是曾经出现的最适于诗创作的精神状态。但莎士比亚本人对此不置一词。我们只

---

① 伯里克利(公元前495年—前429年),古雅典政治家,后成为雅典的实际统治者,领导雅典进入军事和文化上的全盛期。
② 议会广场,位于伦敦的议会大厦之前,有众多纪念雕塑。
③ 西格斯·阿利,即柏林的凯旋大街。

是偶然地、不经意间知道他"一气呵成,没有涂抹一行"。或许,十八世纪之前,没有哪个艺术家曾经谈过他的精神状态。大概是卢梭开风气之先。无论如何,到了十九世纪,自我意识已经强化到如此地步,以致文人动辄就会在忏悔录和自传中大谈他们的心情。他们的生活笔之于书,他们的信件死后也发表出来。因此,我们虽然不清楚莎士比亚写作《李尔王》时,经历了怎样的状态,但我们却知道卡莱尔写作《法国大革命》时状态如何;福楼拜写作《包法利夫人》时状态如何;济慈试图写诗抗议死亡的来临和世界的冷漠时状态如何。

翻看现代文学中卷帙浩繁的忏悔录和自我分析,你会发现,天才作品的创作几乎永远是一项艰辛无比的事业。事事都不如意,妨碍作家顺顺当当写出他的作品。物质条件一无是处,狗也来咬,人也来吵,你得拼命挣钱,身体又快要崩溃。此外,人世间的冷漠无疑加剧了他们的穷愁,让这一切格外难以忍受。这个世界并没有请人去写诗,写小说,写历史;它不需要这些。它不在乎福楼拜有没有寻到恰当的字眼儿,卡莱尔是否严谨地查清了某一事实。自然,它对不需要的东西,也不会给予报偿。所以,文人们,像济慈、福楼拜、卡莱尔等等,只好受苦,尤其是在创造力最健旺的青年时代,无一不是身世困顿,景况凄凉。他们在这些自我分析和忏悔录中,发出了切齿的诅咒和痛苦的呼号。"悲惨死去的伟大诗人"①——这就是他们吟咏的主题。千难万苦中,还有什么东西留存下来,自然是奇迹了,很可能,他们的书没有一本能够圆满实现最初的构思,完完整整留给世人。

但对女性,我扫一眼空荡的书架,心中思忖,这一切艰难岂

---

① 语出华兹华斯诗歌《决心与独立》。

非来得更加可怕。首先，即使到十九世纪初，拥有一间自己的房间，且不说一间安静的房间，隔音的房间，就想也不要去想，除非她生于大富大贵人家。日常开销的多寡，须看父亲的脸色，数额也只够她穿衣，不能像济慈、丁尼生或卡莱尔等人那样，索性找些事情来消愁，他们虽然穷困，毕竟还能出门远足，或到法国小住，有自己的寓所，无论多么简陋，至少可以避开父母的聒噪和专横。这些物质上的难处，固然可怕，但更可怕的，却是些无形的东西。济慈、福楼拜和其他天才感到难以忍受的人世间的冷漠，在她那里，就成了敌意。世界对她说话，不像对他们一样，想写作吗，请便，反正于我毫无关系。世界嘲笑她说，写作？你的写作有什么用处？这里，我看看书架上的空白处，心想，或许我们可以求助于纽纳姆学院和戈廷学院的心理学家。因为现在，确实应当测量一下种种留难对艺术家心智的影响，像我读过的，奶制品公司测量普通牛奶和优质牛奶对老鼠身体的影响。他们将两只老鼠并排放在两个笼子里，一只老鼠瘦小、胆怯、贼头贼脑，另一只则壮硕、活跃、大模大样。那么，我们为女性艺术家提供了什么样的营养呢？或是回想起了那一餐李子干和蛋奶糕，我不禁这样问道。为回答这个问题，只须打开晚报，读一读伯肯黑德勋爵①说的——但其实，我不必费力复述伯肯黑德爵士对于女性写作的高论。英奇教长②的话，我也搁下不提。哈莱街③专家的喧嚣，不妨留它去哈莱街招徕回应，我不会自寻烦

---

① 伯肯黑德勋爵，即弗雷德里克·埃德温·史密斯(1872—1930)，保守党政治家，大法官。
② 威廉·拉尔夫·英奇(1860—1954)，英国新教神学家，曾任圣保罗大教堂教长。
③ 哈莱街，伦敦一条街，19世纪中叶以来，许多内外科医师、牙医、精神病专家在此开业，就诊者多为富人。

恼。然而,我要在这里引述奥斯卡·勃朗宁①的话,因为奥斯卡·勃朗宁曾经是剑桥的大人物,主管戈廷学院和纽纳姆学院的学生考试。奥斯卡·勃朗宁先生时常说起"阅罢任何一套试卷,留在他脑子里的印象通常是,不管给的分数高低,最好的女性也比最差的男性智力低下"。说罢,勃朗宁先生转身回屋——他正是靠这番推论,邀得人们喜爱,成了一个颇有些分量和威严的人物——他回到屋里,迎面一个小马倌躺在沙发上,"骨瘦如柴,灰黄的两颊瘪缩下去,牙齿黑黑的,四肢似乎已经丧失了功能……'这是阿瑟'(勃朗宁先生说)。'他的确是个可爱的孩子,聪明极了。'"两幅画面始终在我眼中相互补充,这样,对大人物的意见,我们不仅要听其言,还要观其行,才能求得完整解释。

虽然现在仍有可能,但这类意见五十年前出自一位大人物口中,仍旧是很可怕的。我们可以假设,父亲出于最良好的愿望,不想让他的女儿早早离家,去当作家、画家或学者。"听听奥斯卡·勃朗宁先生怎么讲的,"他会说;也不仅仅是奥斯卡·勃朗宁先生;还有《星期六评论》;还有格雷格先生——"女人生命的要义,"格雷格先生语重心长地说,"是男人供养她们,她们伺候男人"——男人关于女性在智力上一无可取的看法,实在举不胜举。即使父亲没有大肆说教,每个女孩儿都可以自己读到这些看法;那些读物,即使是在十九世纪,也必然令她意志消沉,对她的学业产生深刻影响。她们耳边,时时听到别人的教训——你不可以做这,你也没能力做那——需要去抗争,去辩

---

① 奥斯卡·勃朗宁(1837—1923),曾任伊顿公学副校长,时为剑桥大学国王学院历史学讲师。

驳。它就像一种病害，也许对小说家，它已经不起作用；出现了一些优秀的女性小说家。但对画家，它的流毒仍在；而对音乐家，我想，时至今天，它仍然不断传播，危害极大。女作曲家的地位就像莎士比亚时代女演员的地位一样。前面我讲了莎士比亚的妹妹的故事，我似乎记得尼克·格林说过，女人演戏让他联想起小狗撒欢儿。二百年后，约翰生谈起女人布道，重复了这句话。而这里，我翻开一本关于音乐的书说道，就在今年，公元一九二八年，针对妇女试图谱写音乐，我们又听到了同样的话。"关于热曼·泰勒弗勒①小姐，人们只能复述约翰生博士的名言，他是谈女人布道，只须换成女人作曲。'先生，女人作曲就像小狗用后腿走路。它做得当然不好，但最让人惊奇的倒是，它竟然想起这样做。'"②历史的重现，真是丝毫不爽。

因此，抛开奥斯卡·勃朗宁先生的生平不表，连带把其他人也丢到脑后，我的结论是，即使到了十九世纪，人们仍不鼓励女性成为艺术家。相反，她受到呵斥、讥讽、规劝、告诫。她需要抗辩这个，反驳那个，不免精神紧张，心灰意懒。这里，我们又遭遇了那个非常有趣和隐蔽的男性情结，它在很大程度上左右了女性的行为；它是一种根深蒂固的愿望，固然要贬低妇女，但更多的是想抬高自己，随便在哪里，都须树立起自己的形象，不仅插足艺术，还要横身挡住通往政治的去路，即使他面临的危险似乎微乎其微，而哀告者又是那般的谦卑和恭敬。我记得，甚至贝斯伯勒夫人，那般热衷政治，也必须低首下心，写信给格兰维尔·利文森-高尔③勋爵说"……虽然我

---

① 热曼·泰勒弗勒，法国作曲家。
② 《现代音乐概论》，塞西尔·格雷。——作者注
③ 格兰维尔·利文森-高尔（1815—1891），英国政治家，1836年进入议会，曾在格莱斯顿任首相期间两度担任外交大臣。

对政治一向狂热,且多有议论,但我完全赞成阁下所说的,女性不应参与政治或其他任何严肃事务,最多只能(在有人问起时)陈述看法"。于是,她接着才来针对某个关系重大的主题——高尔爵士在下议院的首次演讲,挥霍她的热情,这方面,倒是不存在任何障碍。我想,我们看到的,确实是一个奇特场面。男人反对妇女解放的历史或许要比解放运动本身更有意思。戈廷学院或是纽纳姆学院的青年学子如果搜集材料,敷衍一套理论,必可写成一本有趣的书——不过,她需要带上厚厚的手套,还需要金块打造的栅栏来保护自己。

这些听来都是笑谈,不过,暂且撇开贝斯伯勒夫人,我想,它们确曾给人当做天经地义的东西。我可以告诉大家,这些议论,现在虽然剪贴成册,标上"奇谈怪论"字样,只供少数读者在夏日的夜晚消闲解闷,当初却催人泪下。你们的祖母、曾祖母,有不少人,曾经为此痛哭失声。弗洛伦丝·南丁格尔因为痛苦而高声尖叫①。此外,各位上了大学,有了自己的起居室——或者不过是卧室兼起居室?——自然不妨说,天才对这些看法不屑一顾,天才才不在乎别人说些什么。遗憾的是,恰恰是那些天才男女,格外留心众人对他们的议论。看看济慈吧。看看他在墓碑上镌刻的铭文②。想想丁尼生;想想——但我其实并不需要罗列事实,它们是不可否认的,虽然令人惋惜,因为艺术家生性如此,对自己的名声极其敏感。文学圈子不乏被毁灭者,皆因为他们过分在意别人的看法。

回到我早先关于什么样的精神状态最适合创作的问题上

---

① 见弗洛伦丝·南丁格尔的《卡珊德拉》,载于 R. 斯屈赛,《事业》。——作者注

② 济慈的墓志铭是:"此处长眠者的名声如镜花水月。"

49

来，我想，这种疑虑造成了加倍的不幸，因为要想将内心的东西全部和完整地释放出来，艺术家的头脑必须是明净的，像莎士比亚一样，有我面前摊开的《安东尼和克莉奥佩特拉》为证，不能有窒碍，不能有未燃尽的杂质。

虽然我们说，我们对莎士比亚的精神状态一无所知，但有此一说，已经是在谈论莎士比亚的精神状态。相对于多恩、本·琼生或弥尔顿，我们之所以对莎士比亚知之甚少，是因为我们不了解他的种种牢骚、怨愤和憎恶。没有什么"秘闻"让我们联想到这位剧作家。抗争、告诫、谴责、报复、让全世界见证艰难困苦，所有的这些愿望，在他那里，都已经燃烧殆尽，烟消云散。因此，他的诗章喷薄而出，淋漓酣畅。如果真的曾经有人完整表现了自己的意图，那必是莎士比亚。如果真的曾经有过明净的、消除了窒碍的头脑，我再次转向书架，那必是莎士比亚的头脑。

第 四 章

在十六世纪，你找不到任何女性处于这样一种精神状态。只要想想伊丽莎白时代的所有那些墓碑，上面雕了儿童合掌跪在地上；想想他们的早夭；再看看他们各自家中阴暗、狭小的房间，就会知道，当时，没有哪个女子能写出诗来。人们看到，很久之后，才有一些贵妇，凭借她相对说来的自由和闲适，出版了一些诗作，署上自己的名字，甘愿冒险给人视为怪物。为了小心避开丽贝卡·韦斯特小姐的"狂妄的女权主义"，我还要说，男人当然并非市侩；但大部分情况下，惟在伯爵夫人有此雅兴吟风弄月时，他们才会连连赞叹。你会发现，在那个时候，一位有头衔的夫人得到的鼓励要远远胜过默默无闻的奥斯丁小姐或勃朗特小姐。但你也会发现,一些陌生的情感,像恐惧啦,仇恨啦,搅乱了她的头脑,她的诗中,也显示了此类心神不定的痕迹。例如温切西尔夫人①,我想着,顺手取下她的诗作。她生于一六六一年;出身贵族,夫家也是名门;她无儿无女;她写诗,只须翻开她的诗作,就会看到她在妇女地位问题上宣泄的愤慨:

> 我们沉沦了! 因为重重的戒律和清规,
>
> 是教养而非自然令我们愚昧;
>
> 头脑窒息了,慢慢地凝固,
>
> 俯首帖耳,听凭别人摆布;
>
> 可有人还想腾踏飞扬,
>
> 让幻想跳荡,让心胸开张,
>
> 面对怎样的反对势力,
>
> 纵有炽热的希望,终不能战胜恐惧。

显然,她的头脑并没有"消除一切窒碍,趋于明净"。相反,憎恨和哀怨困扰着她。人类给她分成两个阵营。男人是"反对势力";他们可恨而又可怕,因为他们握有权力,阻止了她去做自己想做的事——也就是写作。

> 呵! 女人要想拿起笔来,
>
> 人们只当做放肆和古怪,
>
> 什么样的美德也抵不了这一过错,
>
> 他们说,我们搞乱了性别和生活;

---

① 温切西尔夫人,即安妮·芬奇(1661—1720),出身贵族,曾为摩德纳的玛丽王后(1658—1718)的侍女,后放弃宫廷职位,嫁给赫尼奇·芬奇,即温切西尔伯爵。1690 年,定居风景优美的伊斯特韦尔,开始写诗,供友人传阅。文中所引用诗句,前三节出自其《引言》,后四节出自其《忧郁》。

良好的教养、时尚、翩跹起舞、盛装和游憩，

　　才是我们应当向往的造诣；

　　写作、阅读、思索、探寻，

　　遮掩了美貌，虚掷了光阴，

　　叫人如何有兴致博取我们的青春，

　　有人说，奴隶般地操持无聊的家务，

　　才是我们的最高艺术和最大用途。

　　实际上，她得认定自己写下的东西永远不会发表，才能鼓起勇气继续写作；为了安抚自己，她悲伤地吟唱：

　　对三、五友人，唱出悲伤的歌吟，

　　你从不觊觎月桂的园林；

　　隐在黝暗的阴影里，你的愿望不过如此。

但显然，如果她抛开憎恨和恐惧，打消胸中充塞的悲伤和怨愤，她的心就是炽热的。时而流露很纯粹的诗意：

　　可那黯淡了颜色的陈年锦缎，

　　又怎能织出玫瑰的烂漫花团。

——它们自然会得到默里①先生的赞许，据说，让蒲伯铭记于心还借用了的倒是：

　　长寿花令我们头昏目眩；

　　沉迷在痛人的芬芳前。

多么令人遗憾，一位女性，可以写出这样的诗句，面对大自然，沉

---

　　① 约翰·米德尔顿·默里（1889—1957），英国作家，对济慈、布莱克和莎士比亚等名家撰写过评论，有自传体小说《平静生活》。1913 年与曼斯菲尔德结婚，并为她写了传记。他是《温切西尔夫人安妮诗集》一书编辑。

浸在思索中,却又不由自主地牵愁惹恨。但她又当如何来拯救自己?想一想那些讥讽和狎侮,谄媚者的奉承,专业诗人的疑忌。她想必是把自己关在乡间小屋里,埋头写作,或许痛苦和内疚让她肝肠寸断,虽然她的夫婿心地善良,他们的婚姻也很般配。我说"想必是",因为如果有谁想查询温切西尔夫人的生平,就会发现,像通常一样,人们对她几乎一无所知。她患有严重的忧郁症,对此,我们至少可以在某种程度上想明白,只须读她的诗,听她告诉我们她在情绪消沉时的想象:

> 诗句遭人诋毁,行事任人揣测,
>
> 是愚蠢的徒劳,或放诞的过错:

而她的受到非议的行为举止,就我们所知,不过是在乡野里漫游,幻想:

> 我的手喜欢摸索怪诞蹊跷,
>
> 偏离了众所周知的人间正道,
>
> 可那黯淡了颜色的陈年锦缎,
>
> 又怎能织出玫瑰的烂漫花团。

自然,如果她日复一日的赏心乐事尽在于此,怕是免不了给人嘲笑;因此,据说,蒲伯或盖伊①曾讥讽她为"涂鸦成瘾的蓝袜子才女"。还据说,她因为讥笑盖伊得罪了他。她说,他的诗作《琐事》表明,"他更适合去抬椅轿,而不配坐在轿子里。"不过,这都是些"流言飞语",默里先生斥之为"无聊"。但在这一点上,我不能同意他,我宁愿听到更多事情,哪怕是流言飞语,如此一来,

---

① 约翰·盖伊(1685—1732),英国诗人,主要诗作有《乡间游戏》《琐事:漫步伦敦街头的艺术》。

我就会对这位忧郁的夫人加深了解或留下印象,她喜欢在乡野漫游,琢磨些不寻常的事情,轻率地鄙薄"无聊的家务"。但默里先生说,她渐趋"冗赘"。她的才华日益拘泥于花花草草。再没有可能展露早先的那种文采风流。我将她的诗作放回书架,转向另一位贵妇——兰姆先生爱恋的公爵夫人,生性浮躁、满脑袋幻想的纽卡斯尔的玛格丽特①,她比温切西尔夫人年长,却也是她的同时代人。她们两人截然不同,但都出身高贵,终生无子女,嫁的丈夫俱是一时之选。两人都沉溺于诗,又都因此而形容憔悴。打开公爵夫人的诗集,你会看到同样的躁动,"女人像蝙蝠或猫头鹰一样活着,像牲畜一样操劳,像虫豸一样死去……"。玛格丽特本来也能成为诗人;在我们的时代,这类活动总会有个结果。实际上,与生俱来的广大而狂野的灵性,有什么能羁绊和驯化它呢?它倾泻而出,四下奔突,汇成韵文、散文、诗歌和哲学的激流,凝在四开本和对开本中,从此无人问津。本该有人给她一架显微镜。本该有人教她科学地看待星球和理性。由于孤独和恣肆,她开始有些疯癫。没人禁制她。没人教化她。教授们逢迎她。宫廷中的人嘲笑她。埃杰顿·布里奇斯爵士②抱怨她的粗俗——"竟然是宫廷中教养出的贵妇人。"她将自己幽禁在韦尔伯克。

想起玛格丽特·卡文迪什,脑海里浮现出一幅何等孤寂和惨烈的景象!仿佛一些巨大的黄瓜藤恣意蔓延,覆盖了园中的

---

① 纽卡斯尔的玛格丽特,即玛格丽特·卡文迪什(1623—1673),英国女文人,出身贵族,曾为女王侍女,后因战乱逃往法国,1645 年嫁给威廉·卡文迪什,也即纽卡斯尔公爵。辗转于巴黎和安特卫普,后返回英国,不顾世人嘲笑,写诗,写剧,关注科学。

② 埃杰顿·布里奇斯爵士(1762—1837),英国文学史家和系谱学家,曾为1814 年出版的玛格丽特的《回忆录》作序。

玫瑰和康乃馨，令它们窒息而死。一位女性，写下"女性的教养，端在于精神之文明"，却虚度光阴，涂抹些无聊的文字，甚至沉溺于自闭和放诞，以至她出行时，马车周遭观者如堵，这是怎样的一种暴殄天物。显然，疯癫的公爵夫人成了一个妖怪，用来吓唬聪明的女孩子们。我放下公爵夫人的诗集，翻开多萝西·奥斯本[①]的书信，这里，多萝西在写给坦普尔的信中谈起公爵夫人的新书。"可怜的女人果然有点疯了，不管她做什么，都比不上写书或作诗来得更可笑，就算我这两个星期睡不着觉，我也不会做这种事儿。"

那么，由于通情达理的女人不写书，禀性与公爵夫人完全不同的多萝西，敏感而忧郁，自然什么也不写。书信并不算数。女子坐在父亲的病榻前时可以写信。她可以在男人们谈话时写信，免得打扰他们。我翻动多萝西的书信，不禁感到奇怪，这位从没受过教育的孤独女子，竟有这等的才气结构句子，描述场景。请听她的叙述：

"饭后我们坐下来聊天儿，说到 B 先生时，我起身出去。念书，做活儿，打发过去一下午。约莫六、七点，我出门来到屋旁的公地，一伙儿照看牛羊的村姑坐在树阴下，说唱歌谣；我走到她们近旁，把她们的声音和容貌，比比书中古时的牧羊女，觉得二者大不相同，不过请相信咱，她们也像那些牧羊女一样天真。我和她们说话儿，只觉得她们没个愁烦，好似世上最幸福的人，惟是她们自个儿不知道罢了。谈话中间，她们时不时地东张西望，眼见自己的牛钻进玉米地，爬起来就跑散了，好像脚下生了翅

---

① 多萝西·奥斯本(1625—1697)，出身贵族，但家境败落。以其写给未婚夫威廉·坦普尔爵士的 77 封信和婚后写给他的 9 封信而著称。

膀。我就呆，落在后面。看她们赶了牲畜回家，我想我也该回了。晚饭后，我走到花园里，旁边有一条小河流过，我坐下来，多想你就在我身边……"

完全可以断言，她具有作家的气质。但她说，"就算我这两个星期睡不着觉，我也不会做这种事"——一位颇有文学天赋的女子，却要让自己认定，写书是件可笑的事，甚至有疯癫之嫌，可见当时的女性写作，承受了何等的压力。我将多萝西·奥斯本薄薄的一册书信集放回书架，又拿起了贝恩太太①的书。

说到贝恩太太，我们来到了一个非常重要的转折点。我们将这些寂寞的贵夫人和她们的对开本留在她们的花园里，她们写书，不过是为了自娱，没有读者，听不到批评。我们来到城里，与街上的普通百姓摩肩接踵。贝恩太太是一位中产阶级女子，身上不乏平民的一切美德，幽默、活跃、勇敢；丈夫的死和生意上的失败，迫使她不得不靠自己的才华谋生。男人怎样做，她也得怎样做。她勤奋写作，挣的钱足够维持生活。这一事实本身其实比她究竟写了些什么更重要，即使算上那两首了不起的诗歌——"一千次的献祭"和"爱在狂喜的星期六"，因为女性从此开始享有心智的自由，或者说随着时间的推移，她们将随心所欲，想写什么就写什么。既然阿芙拉·贝恩做了此事，女孩们就可以对父母说，我不需要你们供养了，我能靠一支笔挣钱。当然，此后的许多年，她们得到的回答仍是，什么，像阿芙拉·贝恩那样生活！你还不如去死！房门也摔得更响。这就凸现了一个非常有趣的论题，即男人对女子贞洁的看重，乃至其对女性教育

① 贝恩太太，即阿芙拉·贝恩（1640—1689），英国第一个女性职业剧作家，父为理发师，幼时曾随亲戚旅居苏里南，后嫁给一荷兰商人，1666 年丈夫死后，靠写作为生，一生多产，主要剧作有《浪游者》《城市女继承人》等。

的影响,如果有哪位戈廷学院或纽纳姆学院的学生愿意深入研究,没准能写出一本很有意思的书来。此书的卷首插图,或许可画上达德利夫人珠光宝气地置身于苏格兰沼泽的蚊虫阵中。达德利夫人死后,《泰晤士报》写道,达德利爵士"自是趣味高雅,多才多艺之人,他心性仁慈,慷慨大度,却又专横得离奇。他坚持要他的夫人每日盛装打扮,即使是在苏格兰高地狩猎时暂住的小屋里;他还让她披挂上各种炫目的珠宝"云云,"他为她提供了一切——始终如此,却不要她负一点责任"。后来,达德利爵士中风了,从此一直是达德利夫人照料他,以过人的才干管理庄园。十九世纪,这种离奇的专横仍然流风不散。

不过,还是回到正题。阿芙拉·贝恩的例子表明,不妨牺牲某些令人愉悦的品德,靠写作来挣钱,所以,在某种程度上,写作不再标志着头脑的愚妄和疯癫,它有了现实的重要性。丈夫可能死去,或家庭碰上灾祸。临近十八世纪时,数以百计的女性开始翻译或撰写拙劣的小说,为自己挣取开销或贴补家用,这些小说现在甚至在教科书中也不见著录,只能去扎林街①书摊上装了四便士一本的图书的小匣子里翻找。十八世纪末,女性头脑极度活跃——谈话、聚会、写文章议论莎士比亚、翻译经典作品,这都得益于一个确凿的事实,即女性可以靠写作挣钱。一件事情,如果无人付钱,必显得轻薄,而金钱让轻薄变为庄重。当然还会有人耻笑"涂鸦上瘾的蓝袜子才女",但没人能否认,她们可以往自己的钱包里放钱了。因此,到十八世纪末,出现了一场变革,倘若我能够重写历史,我会把它说得比十字军东征或玫瑰战争更重要。中产阶级妇女开始写作了。如果《傲慢与偏见》、

---

① 扎林街,伦敦一条街,以其各类新书店和二手书店著称。

《米德尔马契》《维莱特》和《呼啸山庄》确实重要，则它们的重要性远不是我在这一小时的讲演中所能说清的，因为写作已经扩展到广大妇女中间，而不再是少数人的事业，仅限于幽居在乡间，身边尽是对开本皇皇巨著和阿谀奉承者的贵族。没有这些先驱者，就没有简·奥斯丁、勃朗特姐妹或乔治·爱略特，正如没有那些湮没无闻的诗人就没有乔叟，没有乔叟就没有马洛，没有马洛就没有莎士比亚一样，是这些先驱者为后人铺平了道路，让粗野的语言变得雅驯起来。因为名著不是孤立地、凭空地产生的；它们是漫长岁月里共同思维的产物，是广大民众思维的产物，是众多人的经验汇聚成的一个独立的声音。简·奥斯丁应当在范伯尼的墓前献上花圈，乔治·爱略特应当对伊丽莎·卡特①的荫庇表示敬意——这位刚强的老妇人在床架上拴一只铃铛，为的清晨早些醒来，学习希腊文。全体妇女都应当向阿芙拉·贝恩的墓穴奉上鲜花，她就葬在威斯敏斯特教堂，虽说此举惊世骇俗，却是非常恰当的，因为是她为她们赢得了表达心声的权利。也是她，尽管名声不佳，尽管轻佻香艳，却让我能在今晚不至于很唐突地对大家讲：好吧，靠自己的才智每年挣取五百英镑。

那么，现在，我们来到了十九世纪初。这里，我第一次发现，书架上有几层完全排满了女性的著作。扫视一番后，我不禁问自己，为什么除了少数例外，它们都是些小说？初始的冲动应当在于诗歌。"歌之神"②是位女诗人。在英国和法国，女诗人的地位高于女小说家。此外，目光落在那四位女性的大名上，我

---

① 伊丽莎·卡特（1717—1806），英国学者、诗人和书信作家。

② "歌之神"，语出英国诗人斯温伯恩，指古希腊女诗人萨福。

想,乔治·爱略特与埃米莉·勃朗特又有哪些共同之处?夏洛蒂·勃朗特不是根本不能理解简·奥斯丁吗?当然,她们四人,谁都没有子女,但撇开这一点可能的关联,四位实在格格不入,恐怕难以坐到一间屋子里——这倒引人想为她们安排一次会面和对话。然而,出于某种奇怪的力量,她们最初动笔,写的竟然都是小说。这是否与她们都出身中产阶级有关,我问道;或者,像埃米莉·戴维斯①小姐稍后清清楚楚表明的,是因为十九世纪初,中产阶级家庭全家只有一间起居室?女人要写作,必须是在家人共用的起居室。因此,无怪南丁格尔会愤愤地抱怨——"女人从来没有半个小时……可以自由支配"——她总是给人打扰。不过,即使如此,写散文和小说到底比诗歌和戏剧容易些。你不需要格外聚精会神。简·奥斯丁终其一生,都是在这种状态下写作的。"她是如何做到这一切,"她的外甥在回忆录中说,"始终让人惊异,她没有单独的书房可用,大部分作品都是在共用的起居室里完成的,时断时续。她很谨慎,免得仆人、访客或任何外人疑惑她做的事情。"②简·奥斯丁把她的手稿藏藏掖掖,要么用一张吸墨纸遮盖起来。而且,十九世纪初,女性的全部文学训练都在于观察人物,分析情感。几百年来,她们的感觉在人来人往的起居室里受到陶冶。人们的喜怒哀乐无不触动她们,种种人际关系就在她们眼前展开。因此,中产阶级妇女,一旦拿起笔来,自然会去写小说,虽然似乎很清楚,我们提到

① 埃米莉·戴维斯(1830—1921),英国女权主义者,一生致力于推动女子接受高等教育和实现女性选举权。1873年,在剑桥大学西北两英里处开设戈顿学院,为英国第一所女子住宿制学院,但直到1948年,剑桥大学始正式承认戈顿学院女学生的学历。

② 见她的外甥詹姆斯·爱德华·奥斯丁-利所著《回忆简·奥斯丁》。——作者注

的这四位著名女性，有两位就其天性而言并非小说家。埃米莉·勃朗特本该写诗剧；乔治·爱略特思想开阔，无遮无拦，本该将创作冲动用于历史和传记。然而，她们都去写小说了；不仅如此，我从书架上取下《傲慢与偏见》，人们还可以说，她们写出了很好的小说。人们不妨说，《傲慢与偏见》是一部好书，这算不得吹捧，也不致引起男性的痛苦。无论如何，给人撞破写的是《傲慢与偏见》，应当不必感到羞愧。然而，简·奥斯丁庆幸门上的合叶会发出吱吱嘎嘎的响声，如此一来，她就能赶在旁人进门之前藏起手稿。对简·奥斯丁来说，写作《傲慢与偏见》总有些尴尬之处。我不禁好奇，倘若简·奥斯丁觉得不必在来客面前掩饰，《傲慢与偏见》是否会写得更出色些？我读了一、两页，想弄清这个问题；但我没发现有一点迹象表明，环境对她的作品有任何损伤。或许，这才是奇迹所在。我们看到一位女性，约在一八〇〇年前后，埋头写作，没有仇恨，没有酸楚，没有恐惧，没有说教。我望一眼《安东尼和克莉奥佩特拉》，心里想，莎士比亚就是这样写作的；如果人们将莎士比亚与简·奥斯丁相比较，他们兴许是要表明，两人都已化解掉胸中的郁结；也正是因此，我们不了解简·奥斯丁，正是因此，简·奥斯丁消失在她笔下的字里行间中，莎士比亚也是一样。要说环境给简·奥斯丁造成了什么不利，那就是她的生活天地过于狭小。妇女没有可能孤身一人，四处走动。她从未旅行过；她从未乘马车穿行伦敦，也从未独自到一家店铺用餐。可简·奥斯丁或许天性如此，对于没有的东西，从不奢求。她的才赋与周围环境水乳交融。但我打开《简·爱》，摆在《傲慢与偏见》旁边，自语道，夏洛蒂·勃朗特恐怕不是这种情况。

我翻到第十二章，目光停在了一句话上，"人人都可以责骂我,只要他们有这个心思。"我不觉奇怪,他们为什么要责骂夏洛蒂·勃朗特?我读到费尔法克斯太太制作果冻时,简·爱如何时时爬到屋顶上,眺望远方的田野。然后开始遐想——他们就是为此责骂她——"然后,我渴望我的双眼可以看到更远的地方,看到那个繁忙的世界,城镇,郡县,那里充满了生活的欢乐,我只听说过,从没有见过:我希望有比现在更多的人生经验;与和我一样的人有更多交往,结识更多的禀性不同的人,而不是围绕身边的这个小圈子打转。我看重费尔法克斯太太的美德,也看重阿黛尔的美德,可我相信还有其他的更生动的美德,让我相信的,我就渴望去体验。

"有谁责骂我?许多人,没错儿的,我给人看做不知满足。我也没办法:我生来就不安分,有时,它搅得我很痛苦……

"空谈人应当满足安谧的生活是没用的:他们必须行动,找不到行动的目标,就自己创造出来。成千上万的人注定会无声无息地消失,比我还不如,但也有成千上万的人默默地抗拒他们的命运。没有人知道,世间有多少反叛在人们心底酝酿。据说女人通常都很平静:但女人的感觉与男人无异;她们也像她们的兄弟一样,需要展露才华,需要有一方奋斗的天地;男人面对的苛刻的限制,僵死的禁锢,她们也不能幸免;一些幸运者说,她们应当安于做布丁,弹钢琴,织袜绣花,这话全是因为头脑褊狭。女人想要打破习俗的约束,做更多事情,学更多东西,惟有愚蠢的人才会抨击她们,或嘲笑她们。

"我如此独自沉思,耳边不时传来格雷斯·普尔的笑声……"我想,这是一处生硬的转折。突然扯出格雷斯·普尔,毕竟缺了铺垫。内容的连贯性给打断了。我把此书与《傲慢与偏见》摆在一起,接着又想,人们或许会说,写下这些文字的女子要比简·奥斯丁更有天赋;然而,细读一遍,注意书中的这种突兀,这种激愤,你就会知道,她的天赋永远不能完整和充分地表达出来。她的书必然有扭曲变形之处。本该写得冷静时,却写得激动,本该写得机智时,却写得呆板,本该描述她的人物时,却描述了她自己。她与命运抗争。除了承受重重禁制和挫败,早早离开人世,还能怎么样呢?

这里,有一个想法,其实很耐人寻味,如果夏洛蒂·勃朗特拥有三百英镑的年金——但她傻得以一千五百英镑售出了她的几本小说的版权;如果她对那个繁忙的世界,那些充满了生活的欢乐的城镇和郡县有更多的了解,有比现在更多的人生经验,与和她一样的人有更多交往,结识更多的禀性不同的人,结果又会如何呢? 她的这些话,不仅指出了她自己作为小说家的欠缺,还指出了那个时代的女性的欠缺。她比任何人都更清楚地知道,她的天赋,如果不仅仅耗费在寂寞地眺望远方的田野上,将会有多么大的收获,只要让她有机会去体验、交往和旅行。然而她没有这些机会,这些机会受到限制;我们必须接受这样一个事实,即所有这些出色的小说,《维莱特》《爱玛》《呼啸山庄》《米德尔马契》,都是足不出户的女子写出的,她们的生活经验,仅限于一位体面的牧师家庭日常发生的那些;而且,这些小说,还都是在这个体面家庭的共用的起居室里写出的,写书的女子,身无分文,一次只能买上几叠纸,书写《呼啸山庄》或《简·爱》。当然,其中的一人——乔治·爱略特,历经磨难,摆脱了这种境况,却不过是隐居在圣约翰森林的乡宅里。那里仍然笼罩着世人鄙夷不屑的阴影。"我希望人们知道,"她写道,"我决不会邀请任何未提出请求者来此见我";因为她不是与一位有妇之夫生活在罪恶中,而与她会面没准会有损史密斯夫人或随便哪位不速之客的名誉吗？她必须得屈从于世道人心，"自绝于所谓的尘世"。与此同时，在欧洲的另一端，有一位年轻人，要么自由自在地与吉卜赛女子或贵夫人厮混，要么投身战扬，记下点点滴滴的生活经验，从来也无拘无束，这些经验，到他后来写书时，派上了很大用场。倘若托尔斯泰携一位"自绝于尘世的"有夫之妇，托身隐修院中，那么，无论道德上的启迪来得何等可观，我想，他是很难写出《战争与和平》的。

但关于小说写作问题以及性别对小说家的影响，我们不妨想得更深一些。闭上眼睛，把小说作为一个整体来考虑，可以看到，小说虽属创造，却在某种程度上影写了生活，虽然有它无数的简化和扭曲之处。无论如何，它是一种结构，在人们的头脑中自成其格局，有时是方形的，有时是塔状的，有时四下里伸展，有时坚实紧凑，有时又像穿顶状的君士坦丁堡圣索菲亚大教堂。回顾一些有名的小说，我想，这一格局源出与之相应的某种情感。但这种情感随即就同别样的情感混合起来，因为所谓"格局"，不是一砖一石垒起的，而是人与人的关系造就的。因此，小说在我们心中引出了各种矛盾的、对立的情感。生活与某种背离生活的东西在那里冲突。如此一来，就很难形成对小说的一致意见，而我们也在很大程度上受个人好恶的左右。一方面，我们希望你——主人公约翰——活下来，不然，我会悲痛欲绝。另一方面，我们觉得，算了吧，约翰，你必须得死，因为小说的格局要求如此。生活与某种背离生活的东西在那里冲突。既然它部分地体现了生活，我们就按照生活的真实去做判断。有人说，詹姆斯是我顶讨厌的一类人了。或者，这是一大堆胡言乱语。我从来没见过这类事情。回想任何一部有名的小说，显然，整个结构，建立在无限的复杂性上，它是由许多不同的判断，许多不同的情感拼成的。奇就奇在，如此这般成就的一本书，竟然处处契合，维持下来，或者英国读者，乃至俄国或中国读者对它都能有同样的理解。而这种契合，偶尔也确实不同凡响。在少数传世之作中（我想到的是《战争与和平》），令不同判断和情感相互契合的原因，应当是人们所说的诚实，但这与平日不赖账，危难时行事磊落等等没有关系。就小说家而言，所谓诚实，是他让人相信，这就是真。人们会感觉，对啦，我可从来想不到事情会是这样，我从来不知道人们会这样行事。可你让我相信，事情就是这样，一切就是如此发生了。人们在阅读时，将每一句话，每一个场景呈在亮光下——大自然似乎非常奇妙地在我们内心燃起亮光，让我们能够烛照出小说家的诚实与否。要么，就是大自然一阵心血来潮，用隐显墨汁在我们的脑际写下提示，单等小说家作出证实；这些提示，只须经天才们的火焰炙烤，就能显示明白。人们将它展露出来，看个真真切切，不禁惊呼，这岂不正是我一向感觉、知晓和神往的吗！你不禁心潮激荡，甚至带些崇敬地合上书页，仿佛它是一件很珍贵的物品，一件终生受用、常温常新的东西，你把它放回书架上，我说着，拿起《战争与和平》，摆回原处。然而，人们捧读和检验的那些蹩脚语句，如果起初以它亮丽的色彩、奔放的姿态引起你急切的反应，却戛然而止：好像有什么事情遏制了它的展开，或者只领你隐约看到角落里的涂鸦，一些污渍，没有任何完整和充实的东西，那么，你只能失望地叹息一声，又一部失败的作品。这部小说竟是在哪里出了问题。

当然，多数情况下，小说总会在什么地方出问题。想象力过度活跃，衰竭了。洞察力陷入混乱；它再也无法区分真伪；它已经没有力量继续承担沉重的劳作，因为这时时刻刻都需要调动种种不同的天赋。然而,我瞧瞧《简·爱》和其他书,琢磨起小说家的性别如何会影响所有这一切。性别是否对女性小说家的诚实有某种损害,而我认为,诚实乃是小说家的脊梁?那么,在我引述的《简·爱》的几处文字中,很显然,愤怒干扰了作为小说家的夏洛蒂·勃朗特应当具备的诚实。她脱离了本该全身心投入的故事,转而去宣泄一些个人的怨愤。她记起她给人剥夺了获取适当经验的机会,不得不困在牧师寓所里缝补袜子,而她本想自由自在地周游世界。她的想象力因为愤怒突然偏离了方向,我们都能感受这一点。不过,还有更多的因素牵动她的想象力,将它引入歧途。例如,无知。罗切斯特①的形象就是向壁虚构。我们觉得出其中的恐惧因素;正如我们能不时感觉到压迫引发的某种尖刻,感觉到激情的表象下郁积的痛苦,感觉到作品中的仇怨,这些作品,尽管都很出色,但仇怨带来的阵痛却迫得它们不能舒卷自如。

由于小说与现实生活有此关联,小说的价值观在某种程度上体现了现实生活中的价值观。但显然,女性的价值观同男性鼓吹的价值观往往很不相同;这也并不奇怪。然而,却是男性的价值观占据支配地位。简单说来,足球和体育是"重要的";追逐时尚,买衣服是"琐碎的"。这类价值观必不可免地由生活移入小说。批评家会说,此书很重要,因为它描述战争。此书不足挂齿,它讲的不过是女人在客厅中的情感。战场上的场景要比商店中的场景更有震撼力——价值观的微妙差异触目皆是。因此,十九世纪初的小说,倘出于女性之手,难免偏离直道,不得不修正自己的明确见解,迁就外在的权威。只须浏览一下已经给

---

① 罗切斯特,夏洛蒂·勃朗特小说《简·爱》中男主人公。

人忘却的旧日的小说,听听其中的语气,就能觉出作家是在迎合批评;她或者用强,或者示弱。要么承认自己"不过是个女人",要么争辩她"与男人不相上下"。面对批评,她或者温顺、羞怯,或者气恼、强蛮,全看她的性情而定。无论怎样一种态度,她关注的已不是事情本身。她的书遂有强加于人的味道。这些书在根子上存在欠缺。我想起星散在伦敦各处旧书店中的女性小说,它们像瘢痕累累的小苹果散在果园里。是根子上的欠缺让它们霉烂了。她修正了自己的价值观,迁就他人。

然而,她们又如何有可能不左右摇摆。在一个纯粹的父权制社会中,面对所有这些讥弹,需要怎样的天才,怎样的诚实,才能毫不畏缩地坚持自己的主见。只有简·奥斯丁做到了这一点,还有埃米莉·勃朗特。这是她们的标志,或许是她们最光荣的标志。她们像女性一样写作,而不是像男性一样写作。在成百上千写小说的妇女中,只有她们,完全无视那些老学究的反复训诫——你得这样写啊,你得那样想啊。只有她们,对这些喋喋不休的声音充耳不闻,抱怨也罢,俯就也罢,倨傲也罢,悲悯也罢,震惊也罢,愤怒也罢,仁慈也罢,须知它们只不肯给妇女一点安宁,像一本正经的家庭女教师,盯着她们,像埃杰顿·布里奇斯爵士①,吩咐她们,必得要她们净化自己;甚至在诗歌批评中硬扯进性别批评;②而且,倘她们乖乖的,赢一个大彩也未可知,为此,她们得按照某位绅士的告诫,安守本分:"……女小说家

---

① 埃杰顿·布里奇斯爵士(1762—1837),英国诗人、小说家、传记作家,但所写诗歌、戏剧和小说俱不很成功。

② "〔她〕沉迷于一种形而上的目的,这是很危险的,对女性来说,尤其如此,因为女性对修辞的喜好,很少具有男性的健康态度。这一欠缺很奇怪,毕竟,女性在其他种事情上,更为简单,更为实际。"《新标准》,1928 年 6 月。——作者注

要想成功,须有勇气承认女性的局限。"①这真可谓一语道破,而我如果告诉大家,必让大家吃惊的是,写下这话的时间不是一八二八年八月,而是一九二八年八月,那么,大家一定同意,不管我们现在有多么欢快,舆论的主流依然如此——我并不想翻动陈年旧账,不过是碰巧看到这些——而一个世纪之前,这类舆论当然更为激烈,更多热闹。换作一八二八年,青年女子必须非常坚强,才能承受所有这些冷落、责难和引诱。她必须像个狂热分子一般鼓动自己,好吧,可他们不能连文学也买断。文学对所有人开放。我不会让你,哪怕你是校役,把我赶出这块草坪。你想锁住图书馆,请便好了,但你无法为思想的自由设置门禁、门锁、门闩。

然而,这些阻挠和批评,不论对她们的写作产生了什么影响——我相信影响是很大的——面对她们将思想化为文字时(我想的仍然是十九世纪初的小说家)遇到的其他困难,却又相形见绌。所谓困难,指的是她们身后缺乏一个传统,或者这个传统历时很短,又不完整,对她们帮助不大。因为我们作为女性,是通过母亲来回溯历史的。求助伟大的男性作家其实于事无补,不管我们能从他们那里得到多少乐趣。兰姆、布朗②、萨克雷、纽曼③、斯特恩④、狄更斯、德·昆西⑤——随便是谁——对

---

① "如果,像记者一样,你认为女小说家要想成功,须有勇气承认女性的局限(简·奥斯丁〔已经〕表明,如何体面地作出这一姿态)……"《生平与书信》,1928 年 8 月。——作者注

② 托马斯·布朗(1605—1682),英国医生、作家,主要作品为《一个医生的宗教信仰》。

③ 约翰·亨利·纽曼(1802—1890),英国圣公会内部牛津运动领袖,后改奉天主教,著有《论教会的先知责任》《大学宣道集》等。

④ 劳伦斯·斯特恩(1713—1768),英国小说家,主要作品为《项狄传》,被认为开意识流手法之先河。

⑤ 托马斯·德·昆西(1785—1859),英国散文作家,主要作品为《瘾君子自白》。

妇女从来没有帮助,虽然她可能从他们那里学得一些手法,派上用场。男人的思想,说到沉重、敏捷,高视阔步,都与她有很大不同,断难从中抄出什么有用的东西。你不可能依样画葫芦。或许下笔之时,她发现的第一件事就是,没有日常的句式供她拿来使用。所有的小说巨匠,像萨克雷、狄更斯和巴尔扎克,都写得一手本色文章,敏捷但不轻率,刻意描摹但不造作,是个人的又是大众的。他们的小说,使用的是当下流行的句式。十九世纪初流行的句式兴许是这样的:"其作品的壮观向他们表明,不可半途而废,必须再接再厉。再没有比展示艺术、层层发掘真与美,更让他们兴奋和满足的了。成功催人发奋;习惯有助于成功。"这是男人的句式;在它背后,可以看到约翰逊、吉朋①和其他人。这类句式,不适合女性使用。夏洛蒂·勃朗特,尽管有出色的散文天赋,手中的武器仍不免沉重,令她左支右绌。乔治·爱略特用它生出种种难以描述的事端。简·奥斯丁审视它,嘲笑它,发明出合乎自己需要的句式,一生不离不弃。因此,她的文字天赋虽然弱于夏洛蒂·勃朗特,却道出了更多东西。实际上,表达的自由和充分是艺术的真谛,既然如此,谈到女性写作,传统的缺失,工具的贫乏和不充分,显然说明了许多问题。此外,一本书并非一句接一句,从头到尾搭接而成,如果形象些说,它像是由句子构筑的拱廊和穹顶。而这一形状也是男性出于自己的需要建造,留给自己使用。没有理由认为,史诗或诗剧的形式比这种句式更适合女性。无论如何,当女性开始写作时,原有的各种文学形式都已经固定下来。小说却发轫不久,在她手中

---

① 奥兰多·吉朋(1583—1625),英国历史学家,著有《罗马帝国衰亡史》六卷。

有足够的灵活性——或许，这是女性写小说的另一个原因。然而，谁又能说即使到现在，"小说"（我给它加上引号，表明我认为这个字眼儿是不恰当的），谁又能说这一极其灵活的文学形式已经中规中矩，方便女性来使用呢？毫无疑问，如果她能够自由运用她的肢体，我们就会看到她将小说打造成形；提供一些新的手段，不一定是诗歌，用来表达心中的诗意。因为她心中的诗意仍然没有宣泄的途径。我又想，今天，女人会如何来写一出充满诗意的五幕悲剧呢——是用韵文，抑或是用白话文？

但这都是些难以解答的问题，掩在朦胧的未定之天。我得丢开它们，即使只是因为它们诱惑我偏离正道，走入一片人迹罕至的森林，我没准会迷路，很可能让野兽吞食。我并不想、我相信你们也不想听我拉扯这个非常沉闷的话题——小说的未来，所以，我只在这里停留片刻，提请大家注意，就女性而言，物质条件将会在未来发挥巨大作用。书籍毕竟需要适应肉体，甚至不妨冒昧地说，女性写的书应当比男性短些，紧凑些，无须长时间聚精会神地劳作，又不容人打扰。须知打扰是没完没了的。同时，男人与女人，为大脑输送营养的神经，似乎构造不同，要想让它们工作得卓有成效，必须找到正确的方式——例如，僧侣们许是在几百年前发明的这种花费几个小时开讲座的方式，是否适合它们——它们需要怎样地交替工作和休息，所谓休息，也不是无所事事，而是做某种事，某种性质不同的事；二者之间的区别何在？所有这些，都有待讨论和探究；所有这些，都是女性与小说的一部分。然而，我回到书架前又想，我到哪里去发现一位女性对女性心理的深入研究呢？如果因为女子不能踢足球，进而就不允许她们行医——

幸运的是，我的思路现在来到了另一处转折点。

第 五 章

最后,在这场漫游中,我来到插满当代著作的书架前,有女人写的,也有男人写的,因为现在,女人写的书几乎与男人一样多。或者,如果情况并非如此,如果仍然是男性的话语更多,但显然,女人不再只写小说。书架上,有简·哈里森的希腊人类学著作,有弗农·李①的美学著作,有格特鲁德·贝尔②关于波斯的著作。林林总总,囊括一代人之前,女性从不曾涉足的各种主题。有诗歌、戏剧和批评文字;有历史和传记,游记和学术专著;甚至有一些哲学以及科学和经济学著作。小说虽然仍占主导地位,但小说本身,由于与其他著作的关联,已经发生了彻头彻尾的变化。那种天然的质朴,那种女性的叙事时代,或许一去不复返。阅读和批评扩大了她的眼界,令她更为细腻。描述自我的冲动平息下来。她似乎开始将写作当成一门艺术,而非一种自我表现的方法。从这些新的小说中,也许可以找到对此类一些问题的答案。

我随意从书架上取下一本书。它插在书架的一端,名为《人生》什么的,作者叫玛丽·卡迈克尔③,就出版于当下这个十月。这像是她的处女作,我对自己说,不过,你读它时,得把它当

① 弗农·李,即瓦奥莱特·佩吉特(1856—1935),英国小说家、评论家,著有《十八世纪意大利研究》《语词的运用》等。
② 格特鲁德·贝尔(1868—1926),游记作家和女政治家,著有《波斯印象》等。
③ 玛丽·卡迈克尔,即玛丽·斯托普斯(1880—1958)的笔名,英国节制生育的倡导者,1921年与其夫在伦敦创设节育门诊所,著有小说《人生》《爱的创造》以及《避孕:其理论、历史与实践》等。

成一个长长系列中的最后一卷,上承我刚刚浏览的所有那些著作——温切西尔夫人的诗歌和阿芙拉·贝恩的戏剧和四位伟大小说家的小说。因为图书是前后接续的,尽管我们惯于分开来评判它们。而且,这位默默无闻的女性,我该把她当做是我刚刚提及她们各自遭际的那些女性的后裔,看她继承了她们的哪些个性和局限。想到小说只能镇痛,却不能解毒,它让人不觉中陷入麻痹,却不给人以救赎,我不免叹息一声,坐下来,拿一支笔和一个本子,记下我对玛丽·卡迈克尔的第一部小说《人生》的看法。

首先,我翻开一页,上下浏览一番。我说,我得先弄清她的语句中的含义,再去记下那些蓝眼睛、黑眼睛乃至克洛伊与罗杰之间可能发生的关系。一旦我决定了她手里拿的是一支笔,还是一柄鹤嘴锄,我自会有时间留心这些。于是,我随口念了一两句话。很快,我就明显感觉到,书中颇有些不自然之处。句子与句子之间的流畅衔接被打断。有些什么撕裂了,有些什么划伤了。时不时地,会冒出一个眩人眼目的字眼儿。犹如老戏中说的,她"放开了手脚"。我想,她像是在发狠划一根着不起来的火柴。但为什么,我问她,仿佛她就站在我面前,简·奥斯丁的句式与你不合?是否因为爱玛和伍德豪斯先生①死了,就该把它们都抹杀掉?我叹息道,倘若该当如此,不免可惜。简·奥斯丁从一种调子转向另一种调子,就像莫扎特从一首歌转向另一首歌,而读这本书,却像坐上敞舱的船出海,忽上忽下,载浮载沉。这种简单急促,这种破碎支离,或许表明她有些什么担心:可能是担心给人称作"滥情";要么是她记起女性写作一向给人

---

① 爱玛和伍德豪斯先生均为简·奥斯丁小说《爱玛》中人物。

视为花团锦簇，所以，刻意添些棘刺出来；但除非我细心些读过一个片断，否则，很难说她是忠于自己，还是在迁就别人。无论如何，认真读下去，我想，她倒没让人觉得乏味。不过，她堆积的事实太多。依照此书的篇幅来看（长度大约为半部《简·爱》），她恐怕用不了其中的一半。然而，她却有办法将我们所有人——罗杰、克洛伊、奥利维娅、托尼和比格姆先生——都装上一只筏子，溯流而上。且慢，我说，一边向后靠在椅子上，我必须更细密地将事情整个思索过，再说其他。

我几乎可以确定，我对自己说，玛丽·卡迈克尔是在戏弄我们。因为我的感觉，就像人们行进在逶迤起伏的铁道线上，列车仿佛奔驰向下，却又意外地一跃而上。玛丽在任意摆弄这种预期的顺序。首先，她割裂了句子，随后，她又割裂了顺序。好吧，她自然有权利做这些事情，只要她不是为割裂而割裂，本意在于创新。二者之中，哪个是真的，我不太清楚，除非她使自己面对某一情景。我说，她可以随心所欲，挑选无论什么样的情景，哪怕是马口铁罐头或破旧的水壶，只要她愿意；不过，一旦决定下来，她就必须面对它。她必须投身进去。如此一来，我决心对她尽一名读者的义务，只要她对我尽了作家的义务，于是，我翻过书页，继续读下去……请原谅我突然钳口不语。这里有没有男人在场？能不能向我保证，查特莱斯·拜伦爵士①没有躲在那幅红色帷幔后面？这里都是女人，对不对？那么，我要告诉大家，接下来我读到的一句是——"克洛伊喜欢奥利维娅……"。不必吃惊，也不必脸红。我们不妨在女人堆儿里私下承认，这种

---

① 查特莱斯·拜伦爵士是审理拉德克利夫·霍尔风化案的首席治安推事，霍尔的小说《寂寞之井》（1928 年）因涉及女同性恋主题在英国遭禁。

事情有时会发生。有时候，女人会喜欢女人。

"克洛伊喜欢奥利维娅，"我读道。突然，我强烈地意识到，变化何等之大。在文学中，或许第一次有了克洛伊喜欢奥利维娅。克莉奥佩特拉不喜欢奥克塔维娅。如果她果真喜欢，《安东尼和克莉奥佩特拉》将会是多么的不同！我的思绪，或许，暂时脱离了《人生》一书，问题在于，我想，整个事情给人荒唐地简单化了，世俗化了，如果可以这样说。克莉奥佩特拉对奥克塔维娅的惟一情感是妒忌。她的身材是否高过我？她又如何来梳理她的发式？也许，这出戏并不要求更多的东西。不过，倘若两个女人之间的关系更复杂一些，该是多么有意思。小说中一系列光彩夺目的女性形象迅即浮上我的心头，我想，女性之间的所有这类关系，都不免过于简单。人们忽略了那么多东西，未做尝试。我努力去回想，在我的阅读过程中，有没有将两位女性描述为朋友的例子。《克劳斯维斯的黛安娜》①中对此曾略有涉及。当然，在拉辛和希腊悲剧中，女性可以成为闺中密友。她们有时是母亲，有时是女儿，但几乎毫无例外，她们的形象，总是在与男性的关系中得到展现。想想就让人奇怪的是，直到简·奥斯丁时代，此前小说中的所有出色女性，不仅是给另外一性来看，而且完全是从其与另外一性的关系角度来看的。这些却是女人生命中多么微小的一部分，而且，男人鼻梁上架起两性观念带给他的黑色或玫瑰色眼镜，又只能从中看到多么一点东西。惟其如此，或许，才有了小说中女性的奇特个性，她的令人震惊的极端的美与丑陋，她游走于其间的天使般的善与魔鬼般的恶——恋

---

① 《克劳斯维斯的黛安娜》，英国小说家乔治·梅瑞狄斯（1828—1909）的小说，描述一位维多利亚时代女性在追求独立过程中的变化。

人因此将她视为心上的玫瑰或堕落之人，美好或不祥。自然，十九世纪的小说家并非如此。女性至此开始有更多面目，也更为复杂。实际上，或许正是描述女性的愿望，导致男人逐渐放弃了韵文体的戏剧，转而采用小说，作为一种更为适宜的载体，因为韵文体的戏剧，效果强烈，很难让女性杂入其中。但即使如此，显然，甚至在普鲁斯特的作品中，男人也是懵懵懂懂，对女性一知半解，犹如女人对男性的了解一样。

　　我重新扫视一遍当页的文字，接着想到，很显然，女人像男人一样，除了日复一日的家务事外，还有其他兴趣。"克洛伊喜欢奥利维娅，她们共用一间实验室……"我继续读下去，发现这两位年轻女子都忙着绞肉肝，因为肉肝对致命的贫血似乎是一剂良药：虽然她们其中一位已经结婚，而且——我想我说的是对的——有了两个小宝宝。当然，所有这些都得省略掉，如此一来，小说中曼妙多姿的女性形象就变得过于简单，过于死板。比如，假使男性在文学中只能作为女性的恋人出场，从来都不是男人的朋友、士兵、思想者、空想家，那么，莎士比亚戏剧中能为他们派定的角色只怕少得可怜，文学可就遭殃了！或许，奥瑟罗大体还在，安东尼也能保全，但我们没了凯撒，没了布鲁特斯，没了哈姆雷特，没了李尔王，没了杰奎斯——文学将会是何等的贫乏，其实，文学的大门始终对女性关闭，其贫乏又是何等令人难以想象。违心地结了婚，关在同一间房子里，从事同一种职业，作家又怎能充分、生动或真实地描述她们？爱情是惟一可能的中介。诗人不得不作狂热或悲伤状，除非他非要选择"敌视女性"，而这往往意味着他其实对女性毫无吸引力。

　　好啦，如果克洛伊喜欢奥利维娅，她们又共用一间实验室，实验室本身将使她们的友谊富于变化，且更为长久，因为实验室没有那么多个性化的东西;如果玛丽·卡迈克尔懂得如何写作,而我已经开始欣赏她的文风;如果她有一间自己的房间,对此我却不敢保证;如果她拥有五百英镑的年金,但这一点还有待证实——那么,我想,就有一些意义重大的事情发生了。

因为如果克洛伊喜欢奥利维娅,而玛丽·卡迈克尔又知道怎样来表达这种情感,她将在这间从来无人涉足的大宅中燃起一只火炬。光明与黯暗相间,像是走入迂曲蜿蜒的洞穴中,人们点亮蜡烛,上下求索,不知踏向何处。我开始重读这本书,看克洛伊如何望着奥利维娅将水罐放到搁板上,告诉她该是回家照看孩子的时候了。我叹道,这真是打从鸿蒙初辟,人们从不曾见过的一番景象。我同样也满怀好奇地望着。我想看一看玛丽·卡迈克尔如何着手捕捉那些从来没有记载过的姿态,那些从未说过或只说了半截的话语,当女人独处一隅,未曾给另外一性的光怪陆离的光线照亮时,这些姿态和话语本身,不过像是飞蛾掠过屋顶时留下的暗影。我边读边说道,她要想做到这一点,必须屏住呼吸,因为女性对任何看不出明显动机的事情都疑虑重重,她们惯于掩饰和压抑,因此,即使向她们方向有意投来一瞥,也会令她们仓惶走避。惟一的办法,我想,不免又对仿佛就在面前的玛丽·卡迈克尔说,是扯一些其他事情,两眼专注地望向窗外,不要使用笔记本,只用最简洁的速记,记下她们几乎还未分清音节的话语,奥利维娅——这个给岩石的阴影遮蔽了几百万年的有机体——一旦感觉光线的照耀,看到面前摆放了一块奇特的滋养品——知识、奇遇、艺术,会发生什么事情。她会伸出手去拾取,我想,目光再一次离开书本,她必须从头重新组合她本来用于其他目的的高度发达的聪明才智,以便将新与旧融合在一起,同时又不致打破整体上极其精妙与严整的平衡。

不过,天啊,我是在做我本不想做的事情;我开始不知不觉地赞美同性。所谓"高度发达""极其精妙",这些无疑都是好字眼儿,而褒扬同性一向都是可疑的,往往也是愚蠢的,况且,在这个例子中,你又如何去证明?你不能走到地图前,说哥伦比亚发现了美洲大陆,哥伦比亚是女人;或拿起一只苹果说,牛顿发现了万有引力定律,牛顿是女人;或抬头望天,言道飞机在天上飞,而飞机是女人发明的。墙上没有标记,标明女人的精确高度。没有码尺,均整地刻划下每一英寸,用来衡量母亲的慈爱,女儿的孝敬,姊妹的缠绵,或主妇的才干。很少有女子进入了大学的各个年级;她们几乎从来不曾在各行各业——陆军和海军、贸易、政治和外交中经历大阵仗。甚至直到现在,她们几乎还是没有面目的。然而,倘若我想知道,例如,人们对霍利·巴茨爵士说些什么,我只须翻开《伯克贵族名录》或《德布雷特贵族名录》①,就能发现他读了这样或那样的一个学位,拥有一所宅子,有一位继承人,是某某委员会的主管,当过英国驻加拿大总督,获得了种种学衔、官职、勋章乃至其他荣誉,在他身上烙下他的勋劳,抹也抹不掉。如此等等,对霍利·巴茨爵士,除了上帝,怕没人能知道得更多一些了。

因此,我说女性"高度发达"、"极其精妙",却并不能从惠特克或德布雷特那里或大学年鉴中得到证实。面对这种尴尬,我能做些什么呢?我再度打量一番书架。书架上有些传记:约翰逊、歌德、卡莱尔、斯特恩、柯珀②、雪莱、伏尔泰、勃朗宁,还有其他许多人。我开始思索,这些伟人,出于这样或那样的原因,仰

---

① 二者均为参考书,每年出版,记录英国贵族或乡绅的家族史和个人简历。
② 威廉·柯珀(1731—1800),英国诗人,代表作有长诗《任务》和抒情短诗《白杨树》。

慕女人,追逐她们,与她们一道生活,向她们吐露心声,同她们做爱,描写她们,信任她们,显露只能说是对另外一性中某人的需要和依赖。我无法肯定,所有这些关系都是柏拉图式的关系,威廉·乔因森·希克斯爵士①就会否认。但我们如果断言他们从中只得到了舒适、逢迎和肉体的快感,别无其他,只怕又大大地冤枉了这些出类拔萃之辈。他们得到的,显然,是同性所不能给予的一些东西,或许,无须引用诗人的狂言隽语,仍不妨进一步断定其为某种刺激,对创造力的某种更新,而这些,只能潜藏在女性的天赋之中。他推开客厅或保育室的门,我想,就会看到她在小儿女中间,膝上有一块绣片——不管怎样吧,她是另一个生活秩序和生活体系的中心,此一世界与他那个世界——也许是法庭或下议院,适成对照,令他心清气爽,精神为之一振;接下来,即使是在最平淡的闲谈中,自然也会有见解的不同,滋润了他干涸的思绪;看到她创造的一个与他分明两样的生活环境,他的创力也活跃起来,不觉之中,呆滞的头脑开始流转,他找到了戴上礼帽拜访她时分明还不存在的话语和情景。每个约翰逊都有他的思罗尔②,且出于此类一些原因对她忠贞不贰,后来,思罗尔嫁给了她女儿的意大利音乐教师,约翰逊又恨又恼,几乎陷入癫狂状态,倒不全是因为他怀念在斯特里泰姆度过的愉快夜晚,还因为他的生命之光"仿佛黯然消退"。

我们并非约翰逊博士或歌德或卡莱尔或伏尔泰,自然难以

---

① 威廉·乔因森·希克斯爵士(1865—1932),英国保守党成员,曾任邮政大臣和内政大臣。

② 赫斯特·林奇·思罗尔(1741—1821),日记作者和诗人,曾为约翰逊博士挚友,长达近二十年,后因嫁给意大利作曲家和她女儿的音乐教师加布里埃尔·皮奥奇,二人的友谊破裂。

比附这些伟人，但即使如此，也能感受那种错综复杂的情感，乃至女人中那种高度发达的创造天赋的力量。你走进一间房间——但英国语言至此已经计穷，非得不管不顾地生造出一些新的字词，女人才能说出她走进一间房间时发生的事情。房间与房间截然不同；或者静谧，或者喧嚣；或者面向大海，或者恰恰相反，开向监狱的放风场；或者挂满了晾晒的衣服，或者满眼乳白玻璃和丝绒窗帘；或者生硬如马鬃，或者柔软似羽毛——只须走入任何一条街道上的任何一间房间，错综复杂的女性气息就会扑面而来。又怎么能够不是如此呢？千百年来，女人一直坐在房间里，到了今天，房间的四壁已经浸透了她们的创造力，实际上，砖石和砂浆都已不堪重负，这股力量必须形诸笔墨，要么耗散在实业或政治中。不过，女人的创造力与男人大不相同。必须说，对它的遏制或虚耗都会让人大为惋惜，因为它是经历了多少个世纪的严厉钳制后赢得的，没有什么可以取代它。女人如果像男人那样写作，生活，或像男人那般模样，也会让人大为惋惜，想想世界的浩瀚和繁复，两个性别尚且不足，只剩一个性别又怎么行？教育难道不是应该发掘和强化两性的不同点、而不是其共同点吗？我们已经有太多的相似之处，如果有哪个探险家探险归来，述说还有其他性别在另一片天空下透过另一些枝叶窥视我们，怕没有什么事情，会比这个对人类的贡献更大，我们将怀着莫大的兴趣，瞧 X 教授挥舞标尺，验证他自己的"优越"。

　　我多少仍然游离于书页之外，心神恍惚地想，玛丽·卡迈克尔就算只当个旁观者，也够她忙活一阵了。也许，她其实是想当一名自然主义小说家——我认为这是小说家门类中不大有趣的一支——而不是思想者。有那么多的新事物，等待她去观察。

她不必再将自己禁锢在中上阶级的大宅里。她不再怀了悲悯或俯就的心情出门，而是真诚地走入那些香气浓烈的小屋，里面坐了交际场的名媛、风尘女子和牵了哈巴狗的太太。她们坐在那里，仍然穿了男作家无奈硬披在她们肩头的粗陋的成衣。但玛丽·卡迈克尔会拿出剪刀，将衣服剪裁得胖瘦适度，紧贴她们的每一处线条。她们的真实面貌一朝显露出来，将别是一番景象，但我们还需要耐心一点，因为玛丽·卡迈克尔仍然出于"原罪"的自我意识而踟蹰，这是野蛮的性习俗留给我们的遗物。她的脚上还套着旧日的锈痕斑斑的阶级的脚镣。

然而，大多数女性，既非风尘女子，又非社交场的名媛；她们也不会夏日午后，用灰色丝绒裹着哈巴狗，枯坐到黑。那么她们做些什么呢？我的脑海里闪现出河南岸长长街道中的一条街，那些街道密密匝匝住满了人。凭借想象力，我看到有老妇人穿街而过，一位中年妇女，或许是她的女儿，挽着她的臂膊，二人的靴子和毛皮大衣非常靓丽，显然，她们是把下午的盛装当做一种仪式，我还看到她们年复一年，在暑天的几个月份，将衣装收起，还在衣橱里摆了樟脑。街灯点亮后，她们穿过街道（傍晚是她们最喜欢的时分），想必年复一年都是这样做的。老妇人看看将近八十岁，但假使有人问她，生活对她意味着什么，她会说，她还记得巴拉克拉瓦战役①时街头的灯火，或听到过国王爱德华七世②诞生时，海德公园鸣放的礼炮声。假使有人想确证某一刻的日期和季节，追问她，一八六八年四月五日或一八七五年十一月二日，你在做些什么，她就会一脸的茫然，回答说她什么也

---

① 巴拉克拉瓦战役，1853 年，俄国与英、法、土、撒丁王国之间爆发克里米亚战争，至 1856 年停战。1854 年，双方鏖战于克里米亚海港巴拉克拉瓦。

② 爱德华七世，大不列颠和爱尔兰国王，生于 1841 年。

记不清了。因为一餐又一餐的饭食已经煮好，碗碟和杯子都洗净了，孩子们自去上学，长大成人。生活中什么也没留下。一切都消失净尽了。传记或史书上，对此没有只言片语。而小说，即使不想撒谎，必然也是谎话连篇。

所有这些默默无闻的生命，都有待谁去记载，我对玛丽·卡迈克尔说，仿佛她就在我面前；随即，我的思绪又飘向伦敦的街巷，那种从不曾有人提起的生活，麻木，重复，让人感受到它的沉重，有街角上的女人，叉腰站立，肿胀的手指上戴了戒指，指手划脚，闹闹嚷嚷的像是莎士比亚的剧中人；有门洞下卖堇菜卖火柴的小贩和干瘪的老太婆；还有逛来逛去的少女，她们的面孔，仿佛随阳光和云朵摇荡的波浪，映出了迎面走来的男女和商店橱窗闪闪的光影。所有这些人你都该去探究，我对玛丽·卡迈克尔说，紧握住你手中的火炬。而首先，你必须烛照自己的灵魂，洞见它的深刻和它的浅薄，它的虚荣和它的宽厚，表明你的美貌或丑陋对你意味着什么，你与这个在化妆品瓶子里发出又沿着人造大理石地板上衣料搭出的拱廊扩散的浓烈味道中摇来摆去的手套和鞋子和毛料构成的变动不居的世界又有什么关系。想象中，我走进了一家商店，它铺了黑白相间的地面，挂满美丽异常的五颜六色的缎带。我想，玛丽·卡迈克尔路过时，必会瞧见过，因为它像安第斯山脉白雪皑皑的峰顶或怪石嶙峋的峡谷一般引人注目，正好写入文章。还有一个女孩站在柜台后——我倒宁愿写出她的真实故事，像拿破仑的第一百五十部传记，或关于济慈的第七十部专著以及老教授Z一类人正在撰写的他对弥尔顿式的倒装句的运用。随后，我踮着脚尖，小心翼翼地走出门来（我是如此的胆怯，害怕一度几乎落到我肩头的鞭挞），喃喃地说，面对男性的自负——或者说是独特处，至少这个字眼儿不那么唐突——她也应学会一笑了之,用不着心怀愤懑。人人脑后都有先令般大小的一块疤痕,自己难以看到。此一性别的人正好为彼一性别的人帮忙,描述一番对方脑后先令般大小的那块疤痕。想想尤维纳利①的言论和斯特林堡②的批评给了女人多少好处。想想古往今来,男人何等仁慈和聪明地指点女人察觉她们脑后的隐秘处!如果玛丽非常勇敢、诚实,她也会走到男人身后,告诉我们她发现了什么。除非有女性描述了先令般大小的那块疤痕,否则,男性的形象永远不会完整。伍德豪斯先生和卡苏朋先生③就是那般大小和性质的疤痕。当然,没有任何有理智的人会劝她刻意去轻贱或嘲弄什么——文学表明,这类作品往往是徒劳无益的。只要真实,人们会说,结果必定很有趣味。喜剧必定别开生面。新的事实必定给人发现。

　　然而,我该重新回到书中来。与其猜度玛丽·卡迈克尔可能或应当写些什么,不如看看她到底写了什么。因此,我埋头继续阅读。我记得,我曾对她有某些抱怨。她打破了简·奥斯丁的句式,让我难以炫耀我的无可挑剔的鉴赏力和我的过分挑剔的耳朵。如果我承认两人之间没有相似之处,就没有必要说:"是啊,是啊,这当然很不错,不过简·奥斯丁的文字比你好得多。"不仅如此,她还更进一步,打破了文章的顺序——我们预期的顺序。也许她并非有意,只不过恢复了事物的本来顺序,像女人通常会做的,只要她像女人一样写作。但后果却让人困惑;你看不到波浪的接续,一浪高过一浪,危机就在什么地方潜伏

---

①　尤维纳利(60?—140?),古罗马讽刺诗人,现存讽刺诗16首。
②　约翰·奥古斯特·斯特林堡(1849—1912),瑞典戏剧家、小说家,主要作品有剧本《父亲》《朱丽亚小姐》,长篇小说《红房间》等。
③　卡苏朋先生,乔治·爱略特小说《米德尔马契》中人物。

着。因此，我无法依赖我的丰富情感和对人心的深刻了解。因为每当我预期要在某处感受某种事情时，比如爱情，比如死亡，恼人的她就会拖开我，好像重要的事情还在前头。如此一来，她就令我无法高谈阔论，说说"基本情感"啦，"共同人性"啦，"人的内心深处"啦，也无法扯些别的，支撑我们的信念，毕竟我们相信，无论表面上有多么伶俐，我们内心都是严肃的、深刻的、富于同情心的。而她却让我感到，我们与其说是严肃、深刻、富于同情心，也可能不过是——这种想法就不那么诱人了——懒得动脑筋，而且很世俗。

但我接着读下去，注意到其他一些事实。她并非"天才"——这一点显而易见。她与大自然不相亲，没有炽热的想象力、狂野的诗情、过人的才华、深沉的智慧，像她的前辈温切西尔夫人、夏洛蒂·勃朗特、埃米莉·勃朗特、简·奥斯丁和乔治·爱略特；她的笔下没有多萝西·奥斯本那种韵律和尊严——实际上，她不过是一位聪慧的姑娘，用不了十年，出版商就会把她的书化为纸浆。但无论如何，她有更具天赋的女性半个世纪之前缺乏的一些优势。男人不再是她的"对立面"；她无须花费时间抱怨他们；她无须爬到屋顶上，思绪烦乱，渴望远行、体验、了解与她隔绝的世界和人。恐惧和仇恨几乎消失殆尽，仅存的一点痕迹不过表现为面对自由，略微夸大了她的喜悦，或者对男性的处理，有某种尖刻和嘲弄的倾向，缺乏浪漫的温情。不过，毫无疑问，作为小说家，她有某种非同寻常的天然优势。她的感受力宽泛、热切、无拘无束。对几乎难以察觉的触动都会产生反应。那就像一株刚刚破土而出的幼苗，扑面而来的每一种景象和声音都令它陶醉。它细心地、充满好奇地探寻未知的、或未曾记载的事物；无意中碰上一些细碎的事情，也会表明，其实，它们或许并不那么细碎。它让湮没无闻的事情重见天日，人们不免会奇怪，有什么必要葬埋它们。她虽然有些笨拙，不像萨克雷或兰姆一样，因为无意中与悠远的传统一脉相承，笔下的一字一句，读来都那般悦耳，但她——我不禁想到——掌握了最重要的一课；她像女人一样写作，与此同时，又忘记了自己身为女人，因此，只有当人意识不到性别时才会出现的那种性的质感，不禁活泼泼地跃然纸上。

所有这些固然都不错。但除非她能够超越瞬间和个人的东西，构筑起屹立不倒的殿堂，否则，无论感情有多么丰富，认知有多么妥帖，都将于事无补。我说过，我要等待她面对"某一情景"。我将坚持这一点，直到她鼓起勇气，打点精神，证实她不是浮皮潦草的观察者，却能够由表及里，深入事情的本质。时候已到，她应当在某个时刻对自己说，用不着疾言厉色，我就能揭示出所有这一切的意义。她开始——我们无疑能感觉到那种跃动！——鼓起勇气，打点精神，头脑中浮现出在其他章节中丢掉的、几乎已经忘却的琐碎的事情。她会尽可能自然地让人们感觉到，眼前，正有什么人在做针线，有什么人在抽烟斗，随着她的文字，你会感觉自己仿佛登临世界的绝顶，俯瞰下界，一切都历历在目，博大庄严。

无论如何，她尝试了。我注视她奋力接受考验，我看到、却希望她没有注意，主教和学监们、博士和教授们、家长和老师们都朝她大喊大叫，给她警告，给她建议。你不可以做这个，你不应该做那个！只有研究员和学者才能踏入草坪！女士入馆需要有引荐信！有抱负、有风度的女性小说家应当如此如此！他们像一群看客，围在赛马场的木障边鼓噪，她必须奋力越过木障，绝不分心环顾左右。如果停下来咒骂，你会输掉，我对她说；当然，如果停下来痴笑,下场也一样。犹疑或动摇,你都输定了。只能想如何纵马腾跃,我恳求她,好像我把全部身家都押在了她身上;她像鸟儿一样凌空掠过。但前面还有障碍,再前面还有障碍。我怀疑她是否有足够的耐力,因为掌声和呐喊声让人烦躁。然而,她已尽了全力。试想,玛丽·卡迈克尔并非天才,不过是个无名女子,在她的卧室兼起居室里写出了她的第一部小说,没有那么多的好条件,时间、金钱和闲暇,她做得已经很不错,我想。

再给她一百年,我说,此时我读到了最后一章——有人拉开客厅的窗帘,星空映照见人们的鼻梁和裸露的肩膀——给她一间房间和五百镑年金,让她讲出她的想法,将她现在头脑中装下的东西清理掉一半,总有一天,她会写出一部更好的作品。我把玛丽·卡迈克尔的《人生》放回书架的一端,说道,再有一百年,她会成为一位诗人。

第 六 章

第二天,十月里清晨的阳光,透过窗帷拉起的窗子,洒在积了灰尘的书架上,外面传来嘈杂的街市声。伦敦又开始了沸沸扬扬的一天;工厂喧腾起来,机器隆隆轰鸣。一番阅读之后,我禁不住从窗子望出去,看看一九二八年十月二十六日上午,伦敦在做些什么。伦敦在做什么?似乎,没有人捧读《安东尼和克莉奥佩特拉》。伦敦仿佛根本不关心莎士比亚的戏剧。人们才不在意——对此,我并不责怪他们——小说的前途,或诗歌的死灭,或一位寻常女性,形成了全面表达她的思想的散文风格。倘若用粉笔将这些事情写在便道上,没人会停下来读一读。人们无动于衷,匆匆来去的脚步,半小时内就会把它们蹭得干干净净。迎面走来一个仆僮，又一个妇人，头前牵一条狗。伦敦街头的迷人处就在于没有哪两个人是相似的，每个人好像都在忙着个人的私事。有人拎着公事包，高视阔步；有流浪汉用小棍敲打庭院的栏杆，发出噼噼啪啪的声响；也有些好脾气的人，把街头当成俱乐部，高声大嗓地同车上的人打招呼，不待问及就忙不迭地传播些消息。送葬的行列走过，男人们忽然联想到自身生命的无常，免不得脱帽志哀。一位气度不凡的绅士缓步踱下台阶，停顿片刻，以免与迎面奔来的妇人撞到一起，那妇人总是靠什么方法，赚得一袭光鲜的皮毛大衣，手中捧一束帕尔玛紫罗兰。人们似乎相互隔绝，专注自我，各自操心各自的事情。

此刻，就像伦敦经常发生的一样，交通蓦地完全止息，停顿下来。街上没有车辆来往，也没有行人走动。街角的悬铃木上，有一片树叶脱落，在这静止的一刻，飘落下来。就像发出了一个讯号，指向人们忽略的事物的某种力。它似乎指向一条河，无影无形，绕过街角，沿街而下，顺势夹裹着人们，翻滚向前，好像牛桥的河流，带走了船上的学生和枯黄的树叶。现在，它带来一位穿漆皮靴子的姑娘，从街的一侧斜穿过来，随后又有一位穿褐紫色外套的青年男子；它还带来一辆出租车；它将人与车聚在我窗下的某处；出租车停下来；姑娘和男子也停下来；他们钻进车里；出租车悄没声息地消失了，像是给什么地方的水流卷走。

这景象很普通；奇怪的倒是我的想象赋予它的那种节律，乃至两人搭车的普通景象，却有力量传达出他们自身看去的某种轻松自在。望着出租车掉头离去，我想，两人走在街上，到拐角处会面的景象，似乎缓解了某种紧张的情绪。或许像我这两天做的，思索一个性别与另一个性别的不同，是件费力的事情。它扰动了头脑的和谐。眼见两人走到一起，上了出租车，我就不必再费力气,而头脑也复归和谐。头脑显然是个非常神秘的器官,我把探出的头收回来思忖道,我们虽然事事依赖它,却对它一无所知。我为什么会感觉头脑里出现分离和对立,好像出于明确原因,肉体会感受紧张一样?所谓"头脑的和谐",意味着什么,我沉思着,显然,头脑有绝大的力量,可以在任何时刻全神贯注于任何一点,因此,它似乎没有一个单一的生命状态。例如,它可以从楼上的窗子望下去,将自己与街上的人群分离开来,认定自己与他们是不同的。或者,它也可以杂在人群中,等待有什么消息发布,自然而然地想他人之所想。它可以通过父亲或母亲一辈去回想,像我说的,一位写作中的妇女通过母亲们回溯从前。而且,如果身为女性,常常还会因为意识的突然分裂而吃惊,比如,漫步在怀特霍尔大街①,作为这一文明的顺理成章的继承者,她却格格不入,陌生,诸多挑剔。可见,头脑时常改变它的聚焦点,将世界置于不同的角度。但头脑的某些状态,即使是自发产生的,相对于其他状态,总归不那么舒服。为了保持这种状态,人们下意识地克制某些事情,久而久之,压抑成为一种刻意的努力。但也有时,头脑处于别一些状态,可以毫不费力地保持下去,因为无须克制任何事情。我坐回窗前,心想,眼前的状态,或许就是其中之一。因为我看到他们两人上了车,感觉就像头脑分裂之后,又经过自然的交融,聚合在一起。道理很简单,两性当然应该和睦相处。人们有一种深刻的、哪怕是盲目的直觉,认为男人与女人的结合,可以带来莫大的满足,造就完美的幸福。但看到两人搭车而去,它给我的满足感,让我不禁自问,

---

① 怀特霍尔大街,伦敦一条街,沿途有英国政府主要机关和众多历史遗迹,如特法拉格广场、海军部、外交部、白厅、威斯敏斯特教堂、议会大厦。

头脑中的两性是否与肉体中的两性恰相对应，它们是否也需要结合起来，以实现完整的满足和幸福。我不揣浅陋，勾勒了一幅灵魂的轮廓，令我们每个人，都受两种力量制约，一种是男性的，一种是女性的；在男性的头脑中，男人支配女人，在女性的头脑中，女人支配男人。正常的和适意的存在状态是，两人情意相投，和睦地生活在一起。如果你是男人，头脑中女性的一面应当发挥作用；而如果你是女性，也应与头脑中男性的一面交流。柯勒律治说，睿智的头脑是雌雄同体的，他说的或许就是这个意思。在此番交融完成后，头脑才能充分汲取营养，发挥它的所有功能。也许，纯粹男性化的头脑不能创造，正如纯粹女性化的头脑也不能创造。但也不妨略作停顿，看一两本书，考察一番何为女性化的男人，或反过来，何为男性化的女人。

　　柯勒律治说睿智的头脑雌雄同体，显然说的不是这颗头脑对女性情有独钟，信奉她们的事业，为她们辩护。或许相对于单一性别的头脑，雌雄同体的头脑不大做出此类区分。或许，他的意思是，雌雄同体的头脑更多孔隙，易于引发共鸣；它能够不受妨碍地传达情感；它天生富于创造力、清晰、不断裂。实际上，你不妨将莎士比亚的头脑看做是雌雄共体，是女性化的男人头脑，虽然很难说清莎士比亚如何看待女人。如果说，高度发达的头脑的一个特征就是，它不会专门或孤立地想到性，那么，要做到这一点，现在可比以往任何时候都更难。这里，我在当代作家的作品面前停顿下来，纳闷这算不算长期以来困惑我的一些事情的根源。没有任何时代，像我们这个时代一样，如此明确意识到性的问题；大英博物馆中数也数不清的男人写的关于女人的书，就是一个明证。毫无疑问，应当怪罪争取选举权运动。它激发了男人们表现自我的强烈愿望，促使他们强调自己的性别和特征,如果不曾受到挑战,他们本不耐烦操心这些事情。一旦面对挑战,即使它来自一小撮头戴黑色女帽的女性,男人也会激烈地还以颜色,假使他们从来不曾受到挑战。我拿起一本 A 先生新近出版的小说,心想,或许我印象中在这里看到的一些特点,原因端在于此。这位 A 先生正当壮年,显然颇得评论家的青睐。我打开书。重读一位男性的作品,确实令人愉快。与女性的作品相比,其作品如此坦率,直截了当。它显示了头脑的自由,个性的奔放,对自己充满信心。这颗自由的头脑,营养充足,教养良好,从没经受挫折,也没给人反对过,打从生下来,就只管自由自在地展现自己,面对它,人们不禁心旷神怡。所有这些,都让人眼热。但读过一两章后,字里行间,似乎就有阴影笼来。它像一根直通通的铁棒,一道阴影,形状仿佛大写的字母“I”①。人不由得会闪来闪去,想看到它背面的景象。那是否一棵树,或一个女人在行走,我说不清楚。人们一次又一次受到字母“I”的召唤。但人们开始厌倦了“I”。虽然这个“I”还是个值得尊重的“I”;可靠、合情合理;像干果一般坚实,几百年良好的教养和营养成就了它。我是从心底尊重和仰慕这个“I”。但是……我翻过一两页,想寻找些别的东西——糟糕的是,在字母“I”的阴影里,一切都像薄雾似的,失去了形状。是一棵树吗? 不,是一个女人。但是……她却仿佛柔若无骨,我望着菲比,这是她的名字,看她走过沙滩。随后,艾伦站立起来,艾伦的身影立即遮住了菲比。因为艾伦有见解,菲比给淹没在艾伦的见解中。而且,我想,艾伦有激情;这里,我匆匆地翻过一页又一页,感到危机正在逼近,事情也确实如此。危机发生在阳光下的海滩上。危机

---

① 意即“我”。

的到来,不遮不掩,气势汹汹。没有比它更不合宜的了。但是……我的口中,"但是"说得太频繁了。你不能没完没了地说"但是"。你总得把一句话讲完,我不由地责备自己。我该把它讲完吗,"但是——我厌倦了!"可我为什么要厌倦?部分是由于字母"I"的压制,它又像海滩上的大树,以它的阴影笼罩四下里,造成一片贫瘠。那里,没有什么可以生长。部分则是由于一些更为隐晦的原因。A 先生的头脑里似乎有些障碍,有些羁绊,禁锢了他的创造力之源,将它限制在一个狭小的范围内。想起牛桥的午餐,烟灰碟和马恩岛无尾猫和丁尼生和克里斯蒂娜·罗塞蒂,所谓羁绊,似乎有可能就在这里。菲比走过海滩时,他不再低声吟诵,"是晶莹剔透的泪珠一颗,坠下门前西番莲的莲台",而艾伦走近时,她也不再回应,"我的心像啾啁的小鸟,筑巢在青翠的林梢",那么,他该怎么办呢?如果他像白昼一般坦诚,日出日落一般合乎道理,他就只有一件事可做。这件事,说实在的,他已经一而再(我翻动书页),再而三地做过了。而且,我还想,他做得似乎有些沉闷,不过,我也意识到我的这番坦白毕竟让人不愉快。莎士比亚的污言秽语消解了人们头脑中的许多事情,倒是一点也不沉闷。但莎士比亚这样做,是为了取乐;而护士说,A 先生这样做是有目的的。他做此事是为了抗议。他渲染自己的优越,以抗议另外一性的平等。因此,他不自在,受压抑,自我意识强烈,就像莎士比亚倘若见识了克拉夫小姐[1]和戴维斯小姐[2],本来也会如此。毫无疑问,如果妇女运动兴起

---

[1]　安妮·杰迈玛·克拉夫(1820—1892),教育家,倡导女性教育,曾任剑桥大学纽纳姆女子学院院长。

[2]　埃米莉·戴维斯(1830—1921),女性教育倡导者,曾任剑桥大学戈廷女子学院院长。

于十六世纪而不是十九世纪,伊丽莎白时代的文学一定会是另一副样子。

如果说,头脑的两面性这种理论行得通,那么,所谓的男性气概,现在已成为一种自我意识——也就是说,男人只凭借了他们头脑中男性的一面来写作。女人本不该读这些东西,因为她要看的,必然在书中找寻不到。我拿起 B 先生的批评文字,非常细心、虔诚地阅读他对诗歌艺术的评论,心想,人们最渴望的,正是那种启示的力量。这类批评文字固然都很出色,精确,渊博;但问题在于,它们不再传达情感;他的头脑似乎分隔成一个小室又一个小室,彼此不通音讯。因此,人们记下 B 先生的一个句子,它会突然掉到地上——没了气息;但记下柯勒律治的一个句子,它会爆裂开来,激发各种各样的想法,只有这类写作,才可以说是把握了永恒生命的真谛。

但不论原因何在,这究竟令人遗憾。因为它意味着——这里,我来到高尔斯华绥先生和吉卜林先生的几排书前——在世的文学大师一些最好的作品只怕给人忽略了。女人不管怎样努力,都难以从中发现评论家信誓旦旦向她保证的永恒生命之源。倒不仅仅是因为它们赞颂男性美德,鼓吹男性价值观,描述男人的世界,而是书中弥漫的那种情绪,让女性难以理解。这种情绪出现了,聚拢来,眼看要在半空中爆发,结局还早,人们已经开始这样说。那幅图画会落到老朱利昂①头上,他会因震惊而死,老牧师会为他念上三两句悼词,泰晤士河面的所有天鹅都会同时放声悲歌。但没等这一切发生,人们早就逃开,躲到醋栗树丛中,因为这种情绪对男人来说如此浓厚、如此微妙、象征意义如

---

① 老朱利昂:高尔斯华绥《福尔赛世家》三部曲中人物。

此强烈,女人只能感到奇怪。面对吉卜林先生笔下掉头而去的军官、播撒种子的耕耘者、孤独地从事他们的工作的男人,还有旗帜,情况也一样——所有这些黑体字都让人感到窘迫,好像在偷听只容许男人参加的祭神仪式,却给人当场抓住。事实是,无论是高尔斯华绥先生还是吉卜林先生,都没有一星半点的女性气质。因此,对女人来说,如果可以推论,则他们的全部才华都是粗糙的,不成熟的。他们缺乏启示的力量。而一本书如果缺乏启示的力量,不管具有怎样的震撼力,终归不能打动人心。

我把书取下书架,看也不看又放回去,在一番没完没了的躁动中,我开始想象一个纯粹的、骄横的男性时代,像教授们的通信(例如沃尔特·罗利爵士①的信)中所预言的,或意大利的统治者已经实现的。因为人在罗马,很难感受不到那种凌厉的阳刚之气;而不管这股阳刚之气对国家有什么价值,人们却不妨询问它对诗歌艺术的影响。无论如何,据报纸上说,意大利的小说状况让人感到某种焦虑。学术界举行了一次会议,目的是"促进意大利小说的发展"。某日,"名流显贵,或金融界、实业界和法西斯团体的要人"聚到一起,商讨这个问题,在致领袖电中,表示希望"法西斯时代不日将催生无愧于时代的大诗人"。我们不妨都来共襄盛举,但孵化器里能否产生诗歌,却叫人怀疑。诗歌除了父亲,还应该有母亲。我怕法西斯诗歌会是个可怕的早产儿,像人们在小镇博物馆的玻璃罐中看到的。据说,这些孽障决不会长命;人们从没见过有此等灵童杂在田野里割草。一身长出两个脑袋,未必就活得更长些。

然而,对所有这一切,如果要责怪谁,那么,两性都难辞其

① 沃尔特·罗利爵士(1861—1922),英国评论家和随笔作家。

咎。诱惑者和改良者各自都负有责任,贝斯伯勒夫人向格兰维尔勋爵撒谎时,戴维斯小姐向格雷格先生讲明真相时,都负有责任。所有唤起性意识的人都应当受到责怪,是他们,在我想就一本书发挥我的天赋时,驱使我探寻戴维斯小姐和克拉夫小姐降生之前的那个幸福时代的性意识,当时,作家们仍然平等地使用他们头脑的两面。我们必须回到莎士比亚,因为莎士比亚是雌雄同体的;济慈、斯特恩、考珀、兰姆和柯勒律治,人人如此。雪莱或许是无性的。弥尔顿和本·琼生身上的男性气质就太多些。华兹华斯和托尔斯泰也是一样。在我们时代,普鲁斯特是十足的雌雄同体,没准女性气质稍多一点。但这点缺陷毕竟微细,值不得去抱怨,倘若没有这类一些杂质,纯是理智占上风,头脑就会僵化,变得枯燥起来。不过,令我感到安慰的是,这或许是一个短暂的阶段;我答应大家交待清楚我的思路,而为此所讲的,今后,大部分似乎都会过时;对尚未成年的你们来说,我眼中闪现的东西,今后,大多数似乎也是靠不住的。

即使如此,我探身到书桌上,拿起标有女性与小说的那页纸说道,我要在这里写下的第一句话也将是,任何写作者,念念不忘自己的性别,都是致命的。任何纯粹的、单一的男性或女性,都是致命的;你必须成为男性化的女人或女性化的男人。女人哪怕去计较一点点委屈,哪怕不无道理地去诉求任何利益,哪怕或多或少刻意像女人那样去讲话,都是致命的。致命不是个恰当的字眼儿;任何写作,只要怀有此类有意识的偏见,注定都将死亡。它无法再接受营养。或许一两天内,它是华丽的、显眼的、强烈的、精妙的,但到了日暮时分,它就会枯萎;它难以在别人头脑中升华。任何创造性行为,都必须有男性与女性之间心灵的某种协同。相反还必须相成。头脑必须四下里敞开,这才能让我们感觉,作家在完整地传达他的经验。必须自由自在,必须心气平和。没有吱吱嘎嘎的车轮声,没有闪烁不定的光亮。窗帘必须拉严。我想,作家一旦完成他的经验,就应该躺下来,在黑暗中为头脑中的联姻而欢喜。他决不能张望或询问完成了什么。其实,他应该去采撷玫瑰的花瓣,凝视天鹅悠闲地游向远方。此时,我又看见了河面上飘着的小舟、大学生和落叶;出租车载去了男人和女人,我想,因为我看到他们一起过街,车流卷走了他们,将他们融入滚滚洪流,我想,因为我听到了伦敦喧嚣的市声。

这里,玛丽·贝顿停止了诉说。她向你们讲述了她是如何得出那个平淡无奇的结论——要想写小说或诗歌,必须有五百镑年金和一间带锁的房间。她试图讲明白促使她想到这一点的种种念头和印象。她请大家随她一道迎头撞上校役,在这里吃午餐,在那里吃晚餐,坐在大英博物馆里涂鸦,从书架上取书,张望窗外。随着她做这一切事情,大家无疑看清了她的种种缺失和怪癖,知道这会对她的见解产生何种影响。大家对她不以为然,做了自认为恰当的增补和删减。这当然是应该的,因为在如此这般一个问题上,只有抛弃种种谬误,才能得出真相。现在,我不妨在结束前自己来提出两点批评,显然,即使我不说,大家也会提出。

各位或许会说,你还没有声明,就作家而言,两性之间的相对优劣。我这样做是有意的,因为,即使作此评论的时机已经成熟——而目前,知道女性有多少钱和多少房间,远比对她们的能力作出理论说明重要得多。无论如何,即使时机已经成熟,我仍不相信,天赋,不管是就头脑还是就性格而言,可以像砂糖和黄油一样掂量轻重,哪怕是在牛桥,在那里,他们很擅长给人们分出等级，为他们戴上学位帽，名字后缀上标明学位的缩略字母。我不相信即使是大家从《惠特克年鉴》①中找到的排名榜，一定就代表了价值的最终等级，或有什么确凿的理由可以认定，巴思爵士②进入餐厅时，必定走在心智错乱者监察长官③后面。所有这一切，挑动一个性别反对另一个性别，一种身份抗拒另一种身份；自命不凡，鄙薄他人，如此等等，都属于人类生存的小学阶段，在此阶段，人分成"门派"，这一派必须击败另一派，最重要的是，你得走上台去，从校长大人手中接过装饰华美的奖杯。人类成熟后，不再相信门派，或校长大人，或装饰华美的奖杯。至少，讲到书，你就很难给它们贴上高低优劣的标签，揭也揭不掉。现时的文学评论不是一再证明判断之难吗？"这是部伟大的作品"，"这是部毫无价值的作品"，同一本书会得到两种不同评价。或褒或贬，都没有意义。确实，虽然衡量轻重是件很有趣的消遣，但所有事情中，没有比它更没用的了，盲从衡量者的裁定，也是奴相十足的习性。写下你想要写下的，这才是最当紧的；至于它能够留存千百年，还是仅仅几小时，谁又说得清。但哪怕牺牲一丝一毫的想象力，或抹杀一点一滴它的色彩，只为屈从校长大人手里的银杯，或教授袖中的标尺，都是最可鄙的叛卖，据说，人的惨境，莫过于财富和贞洁的丧失，但于前者相比，不过像是给跳蚤叮了一口。

接下来，我想你们会反驳说，综上所述，我过分强调了物质

---

① 《惠特克年鉴》，英国著名年鉴，始于 1869 年，载有关于英联邦的各类统计数字和信息，涉及政治、法律、经济、文化等领域。

② 巴思爵士，英国勋位之一种。

③ 心智错乱者监察长官，1878 年澳大利亚新南威士州的《心智错乱者法》规定，任命心智错乱者监察长官，"主管新南威士州所有心智错乱者和病人的产业的一般性管理、保护或监督"。

的重要性。即使从象征的意义上讲,五百镑年金给人思索的权力,而门上的锁也意味着可以沉思默想,但你们仍然可以说,思想应当超越这些事物;大诗人往往穷困潦倒。那么,让我引述一下你们的文学教授的话,他比我更懂得是什么造就了诗人。阿瑟·奎勒-库奇教授写道:①

"过去一百年来,都有哪些伟大的诗人?柯勒律治、华兹华斯、拜伦、雪莱、兰德②、济慈、丁尼生、勃朗宁、阿诺德、莫里斯③、罗塞蒂、斯温伯恩④——大体如此。其中,除了济慈、勃朗宁和罗塞蒂,其他人都读过大学;三个人中,只有济慈薄命,英年早逝,家道寒微。说来或许有些残酷,但可悲的是:事实俱在,所谓心有所属,或贫或富,都无碍诗才,其实并不真确。确凿的事实表明,这十二个人中,有九人是大学出身:可见他们总有这样那样的办法,接受英国所能提供的最好的教育。确凿的事实表明,在其余的三个人中,大家知道,勃朗宁生活优裕,我敢对你们说,倘非如此,他本写不出《扫罗》和《指环与书》,就像拉斯金⑤如果不是父亲经商致富,本来也写不出《现代画家》。罗塞蒂则有一小笔个人收入,此外,他还绘画。这样,就只剩了济慈,阿特洛波丝⑥早早夺去了他的生命,一如她在疯人院中夺去了约

---

① 《写作的艺术》,阿瑟·奎勒-库奇。——作者注
② 沃尔特·萨维奇·兰德(1775—1864),英国诗人、散文家,曾用拉丁文撰写抒情诗、史诗。
③ 威廉·莫里斯(1834—1896),英国诗人、画家、工艺美术家,主要作品有诗集《地上乐园》,散文《乌有乡消息》等。
④ 阿尔杰农·查尔斯·斯温伯恩(1837—1909),英国诗人、文学评论家,主要作品有长诗《日出前的歌》、诗剧《阿塔兰忒在卡吕冬》等。
⑤ 约翰·拉斯金(1819—1900),英国艺术评论家、社会改革家,著有《近代画家》《威尼斯之石》《建筑的七盏灯》等。
⑥ 阿特洛波丝,希腊和罗马神话中命运三女神之一。

翰·克莱尔①的生命,迫得詹姆斯·汤姆森②因为绝望吸食鸦片酊,死于非命。这些事情都很可怕,但让我们正视它们。确实,不管怎样有损我们民族的名誉,但在我们的英联邦,贫穷诗人在那些年月里,乃至在此后的二百年,却往往时乖命蹇。请相信我——我曾花费十年中的一大部分时间,观察了三百二十所小学——我们可能会大谈民主,但实际上,英国的穷孩子却少有出头之日,就像雅典奴隶的儿子,很难求得心灵自由,帮助他写出伟大的作品。"

没人可以把事情说得更明白了。"贫穷诗人在那些年月里,乃至在此后的二百年,却往往时乖命蹇……英国的穷孩子却少有出头之日,就像雅典奴隶的儿子,很难求得心灵自由,帮助他写出伟大的作品。"一点不错,心灵的自由依赖物质的东西。诗歌依赖心灵的自由。女性始终是贫困的,不仅仅二百年来如此,有史以来就是这样了。说到心灵自由,女人还不如雅典奴隶的儿子。女人时乖命蹇,没有机会写诗。这就是为什么我会一味强调金钱和一间自己的房间。然而,由于一些默默无闻的女性的努力——但愿我们对她们了解得更多一点,而且,奇怪的是,由于两场战争——让弗洛伦丝·南丁格尔走出了客厅的克里米亚战争,以及大约六十年后,为普通妇女打开了大门的欧洲大战③,这些苦难正在得到改善。否则,你们今晚不会坐在这里,你们每年挣取五百英镑的机会,只怕是微乎其微,其实,我想

---

① 约翰·克莱尔(1793—1864),英国浪漫派农民诗人,主要作品有《描写农村生活和风景的诗篇》、诗集《牧人日历》等,因为忧愁生计而致病,1841 年底被确诊为精神错乱,最后 23 年在疯人院中度过。

② 詹姆斯·汤姆森(1834—1882),英国诗人,著名诗篇《暗夜之城》表现了人的失望与孤独。

③ 即 1914—1918 年发生的第一次世界大战。

它现在也还不是那么牢靠。

当然,大家还会反驳,你为什么如此重视女性的写作,而照你的说法,为此要付出那么多的艰辛,让人没准儿会去谋杀她的姑姑,几乎肯定在午餐会上迟到,或许还得与某些正人君子争执不休?我得承认,我的动机,在一定程度上是自私的。像大多数没有受过教育的英国妇女一样,我喜欢阅读——我喜欢阅读大部头的书。近来,我能看到的东西略有些单调;历史书太多地讲战争,传记太多地讲伟人,诗歌呢,我想,又越来越乏味,而小说——不过,我已经说得够多,表明我没有能力批评现代小说,还是不说为妙。因此,我请大家放手去写各类的书,对任何主题都不必有顾虑,不管它有多么琐细,或多么宏大。我希望大家能想方设法拥有些自己的钱财,允许你去旅游,无所事事,去思索世界的未来或过去,沉湎在书本中或在街头闲荡,让思绪汇入街上的潮流中。我决不是逼迫你们只写小说。大家要想让我满意——我这样的人其实很多——不妨去写写旅游和探险,研究和学术,历史和传记,批评和哲学,还有科学。这样一来,你们一定能推进小说的艺术。因为书本知识是相互影响的。小说与诗歌和哲学唇齿相依,自然会大为改观。此外,想想以往的任何一位伟大的人物,像萨福①,像紫式部夫人②,像埃米莉·勃朗特,大家就会发现,她们不仅是开创者,还是继承者,她们的出现,是因为女性开始有了信手写作的习惯;所以,即使只作为今后写作诗歌的铺垫,此类事情对大家也将好处多多。

---

① 萨福(约公元前612年—?),古希腊女诗人,著有抒情诗9卷,哀歌1卷,仅有残篇存世。

② 紫式部(978?—1031?),日本平安时代女作家,宫廷女官,著有日本最早的长篇小说《源氏物语》。

但透过这些笔记和批评,回头来看我自己的思想轨迹,我发现,我的动机并不完全是自私的。在这些评论和讨论中,始终存在一种信念——或者说是一种直觉?——好书令人向往,好的作家,即使他们表现了人类的种种恶行,仍然都是好人。因此,我请大家写更多的书,其实是鼓励大家做些事情,这不仅对你们有好处,对整个世界都有好处。不过,如何来证明这一直觉或信念,我就不知道了,倘若一个人没受过大学教育,哲学字眼儿往往不足为凭。比如,何谓"现实"?它似乎是件不确定的、靠不住的事情——它有时出现在尘灰飞扬的道路上,有时出现在街头报纸的字里行间,有时又出现在阳光下亭亭玉立的黄水仙的表面。它照临房中的一些人,铭刻下一些闲言碎语。伴着星光回家的人因为它而兴奋莫名,静谧的世界也显得比语言中的世界更真切——随后,它又现身于熙熙攘攘的皮卡迪利大街上的公共汽车中。有时,它似乎虚无缥缈,让我们难以捉摸它的性质。但无论什么,只要给它触到,便从此固定下来,成为永远。它是岁月的蝉蜕给丢入树篱后留存下来的东西;它是时光流逝,爱过又恨过后遗下的一点念想。照我的想法,作家才有机会比别人更多地生活在这一现实中。他的任务就是发现、搜集、向其他人传达现实。至少,我读过《李尔王》或《爱玛》或《追忆逝水年华》后,就产生了这样的推断。阅读这些作品,像是在对五官实施奇特的去障手术,此后,你的感觉才会更敏锐;世界似乎光裸无遮蔽,生活益发显示出它的强烈。书中有些令人羡慕的人,他们从不肯生活在虚幻之中;书中有些值得同情的人,给懵懵懂懂做下的事情撞得头破血流。因此,我所以要大家去挣钱或拥有一间自己的房间,是劝大家生活在现实当中,不管你能不能说出自己的感觉,看起来,这都是一种活泼泼的生活。

这里,我本该停下了,但按照常规,每次演讲都该有个结语。而针对女性的结语,大家想必同意,应当有些激昂的、崇高的东西。我应当请求大家记住你们的责任,努力向上,追求精神生活;我应当提醒大家留心自己肩负的重任,留心你们将对未来产生多么大的影响。但这些规劝,我想,完全可以留给另外一性来做,他们的口才,远胜过我,必然乐此不疲,其实他们已经这样做了。当我绞尽脑汁,想找些高尚的情感,说明应当作为伙伴和平等的人,为了更远大的目标影响世界时,却发现自己平平淡淡地讲出,做自己要比任何事情都更重要。如果我知道怎样把话说得更好,我会说,不要想着去影响别人。事情是怎样,就是怎样。

不过,随意浏览报纸、小说和传记,我常常读到,女人对女人讲话时,心中必然藏些疙疙瘩瘩的东西。女人对女人总是苛刻的。女人不喜欢女人。女人——但大家是否烦透了这个字眼儿?我可以告诉你们,我确实如此。那么,我们不妨承认,一个女人对众多女人宣读的讲稿,结尾处需要有些令人不快的字句。

但说些什么呢?我该想些什么?说实话,我往往喜欢女人。我喜欢她们不循常规。我喜欢她们神秘莫测。我喜欢她们隐忍自抑。我喜欢——不过我也不能没完没了地这样子说下去。那边的碗橱——你们会说,里面只有清洁的桌布;可如果阿奇博尔德·博德金爵士①藏在里面该怎么办?我的口气还是严厉些好。我在前面说过的话,是否让大家明白了人类的告诫和责难?我告诉过大家,奥斯卡·勃朗宁先生对你们评价极低。我也讲了拿破仑当时对你们的看法,以及墨索里尼现在的看法。那么,

---

① 阿奇博尔德·博德金爵士,拉德克利夫·霍尔《寂寞之井》一案中的公诉人。

你们当中如果有谁有志于写小说，我已经为你们引述了评论家关于大胆承认你们的性别限制的建议。我谈到了 X 教授，强调了他说的女性在智力、道德和肉体上比男性低贱。我转述了未曾费力查寻就不期而遇的所有这一切，这里还有最后的一笔——来自约翰·兰登·戴维斯先生。① 约翰·兰登·戴维斯先生告诫女性："当人们再不想生儿育女，女人也就再无必要。"我希望大家记住这点。

我该如何鼓励你们投入生活？姑娘们，我要说，请注意了，因为现在是作结语的时候了，据我看来，你们其实愚昧无知，这很丢人。你们从没有作出过任何重大发现。你们从没有动摇过一个帝国，或带兵去攻杀征伐。莎士比亚戏剧不是你们写的，你们也从没有劝化哪个蛮族皈依文明。你们有什么理由为自己开脱？当然，指指密密匝匝挤满了黑色、白色和棕色居民的街道、广场和森林，看他们忙忙碌碌地做生意、办实业、谈情说爱，你们完全可以说，我们还有其他的事情要做。没有我们的操劳，大海上不会有航船，沃土会变成沙漠。我们生育、鞠养、洗涮、调教了统计数字所说的世上现存的十六亿二千三百万人，或许要到他们六七岁上，所有这些，即使有人帮忙，也需要耗费时间。

你们说的确有道理——我不会否认。但与此同时，我能否提醒你们，一八六六年以来，英国至少存在有两所女子学院；一八八〇年之后，法律允许已婚女子拥有自己的财产；一九一九年——整整九年之前，她有了投票权？我能否还提醒你们，大多数职业对女性开放，已有将近十年的时间？当你们想到这些巨大的特权，乃至你们享有这些特权的时间之长，想到此时此刻，

----

① 《女性简史》，约翰·兰登·戴维斯。——作者注

至少应当有两千名女性每年能以某种方式挣取五百英镑,大家就会承认,再去抱怨缺乏机会、培训、鼓励、闲暇和金钱,已经没有道理。此外,经济学家告诉我们,西顿夫人生养的孩子太多。你们当然也会生儿育女,但他们说,你们只须生养两三个,而不是十个或十二个。

因此,你们手中有一些时间,脑子里有一些书本知识——你们还有足够的另类知识,你们来大学,我想,在某种程度上,就是为了去除这些另类知识——当然,你们应当准备好,在你们漫长的、艰辛的和完全不引人注目的事业中,进入另一个阶段。有上千支笔,等着指点你们该做些什么,你们又会得到什么结果。我得承认,我的想法有点不着边际;因此,我宁肯以小说的形式把它讲出来。

我在这篇文章中,告诉过大家,莎士比亚有一个妹妹;但请不要去西尼·李爵士①的《诗人传》里去查找。她死得很早——可惜,从没有写出只言片语。她葬在公共汽车现在停靠的地方,正对着大象城堡。而我相信,这位从没有写出只言片语、葬在了十字路口的诗人仍然活着。她活在你们心中,活在我的心中,也活在其他许多女性的心中,她们今天没来这里,因为她们得洗刷碗盏,哄孩子入睡。但她确实活着,伟大的诗人不死;他们是不灭的魂灵;一有机会,就会活生生地出现在我们面前。这个机会,我想,目前就在你们的掌握中。因为我相信,假如我们再活上一个世纪——我说的是现实中的一般生活,而不是我们作为个人介入的具体生活——而且每人都有五百镑年金和自己的房

---

① 西尼·李爵士(1856—1926),英国作家、编辑,曾任《英国名人传记词典》主编,著有《威廉·莎士比亚传》等。

间;假如我们惯于自由地、无所畏惧地如实写下我们的想法;假如我们能够躲开共用的起居室;假如我们不是从人与人之间的相互关系,而是从他们与现实的关系出发去观察人;对天空,对树木或无论什么东西,也是从它们本身出发去观察;假如我们的目光越过弥尔顿的幽灵,因为不管什么人,都不该挡住我们的视野;假如我们面对事实,只因为它是事实,没有臂膊可让我们倚靠,我们独自前行,我们的关系是与现实世界的关系,而不仅仅是与男人和女人的关系,那么,机会就将来临,莎士比亚的死去的诗人妹妹就将恢复她一再失去的本来面目。她将从那些湮没无闻的先行者的生命中汲取活力,像先她死去的哥哥一样,再生于世间。没有这种准备,没有我们的努力,没有再生后,她将会发现自己能够生活和写诗的信念,我们就难以指望她的复活,因为这是不可能的。但我坚信,只要我们为她而努力,她就会复活,而这番努力,不管身处怎样的贫困和寂寞,都是值得的。

本涅特先生和布朗太太 *

在这间屋里，很有可能，或者最好我是惟一的一位，傻到去写小说，试图写小说，或没有写好小说。当我问自己——因为你们邀请我讲讲现代小说，这就迫得我问自己——是什么样的魔鬼附在我耳边，怂恿我去自作自受，此时，我面前跳起了一个小人儿——也许是男人，也许是女人，对我说："我叫布朗，试试来抓我啊。"

大多数小说家都有类似的经验。某个布朗、史密斯或琼斯站在他面前，以极其柔媚的声音诱他说："来呀，试试来抓我啊。"于是，他们鬼迷心窍，从此踉跄在字里行间，把一生的大好年华虚掷在这一追求上，多数时候，只换来一点点金钱。很少有人抓住了这个幽灵，最多只能掠到她的一角裙裾或一绺头发，聊以自慰。

我相信，男人和女人写小说，是因为受到诱惑，想把闪现在他们眼前的这些人物创造出来，有阿诺德·本涅特①先生的话

---

* 1924 年 5 月 18 日在剑桥大学宣读的讲稿。

① 阿诺德·本涅特(1867—1931)，英国作家，作品受童年生活和法国小说家福楼拜、莫泊桑和巴尔扎克等人影响，写过若干以家乡五座工业城镇为背景的小说。主要作品有《五镇的安娜》《老妇人的故事》等。

为证。我不妨引用他的一段文字，他说："好小说的根本，在于创造人物，别无其他……文体很重要，情节很重要，独特的想法也很重要。但所有这一切，都不及人物的可信来得重要。人物真实，小说就能流传，否则，终将给人遗忘……。"接下来，他又断言，目前并没有第一流的青年小说家，因为他们不能创造真实的、活生生的、让人信服的人物。

今晚，我不揣冒昧，想要谈论的就是这些问题。我想辨明，我们说的小说中的"人物"意味着什么；谈谈本涅特先生提出的关于真实的问题；就青年小说家为何没能创造人物，说出一些理由，如果他们确实像本涅特先生说的，在这件事上力不从心。我很清楚，如此一来，我会得出一些很笼统、或者很含混的结论。因为这个问题很麻烦。只须想一想，我们对人物懂得多少——对艺术又懂得多少。不过，在开始之前，我们必须交代明白，我建议将爱德华时代①的人和乔治时代②的人分为两个阵营：我把威尔斯先生、本涅特先生、高尔斯华绥先生算做爱德华时代的人；把福斯特先生、劳伦斯先生、斯屈赛先生、乔伊斯先生和艾略特先生算作乔治时代的人。倘若我讲话时使用第一人称，自我中心得让人难耐，还要请大家原谅。我一向与世隔绝，孤陋寡闻，无意把我的胡思乱想推而广之，当做公论。

我的第一个结论，大家想必都赞成——在座的每一位都是评判人物的行家。实际上，如果有哪一位，一年到头，口不臧否人物，在这门艺术上没些本事，生活准是一团糟。我们的婚姻、我们的友谊依赖它；我们的职业生涯很大程度上也依赖它；日常

---

① 爱德华时代，大不列颠和爱尔兰国王爱德华七世（1901—1910 年在位）时代。

② 乔治时代，英国国王暨印度皇帝乔治五世（1910—1936 年在位）时代。

面对的问题，只有靠这点本事才能解决。那么，我要大胆说出第二个结论，或许大家会不以为然，我的结论是，一九一○年十二月，或在此前后，人性发生了变化。

我不是说，这就像人们推门出来，比如走到园中，蓦地发现玫瑰绽开了花苞，要么是母鸡下了一只蛋。变化不是这么突然和确定。但变化确实发生了，而且，既然人都难免随意性，我们就把时间定为一九一○年好了。变化的最初迹象见于塞缪尔·巴特勒①的书中，尤其是《众生之路》一书；萧伯纳的戏剧继续记述这番变化。生活中，人们也能发现这一变化，如果举个平常的例子，不妨看看家中的厨子。维多利亚时代的厨子就像深渊中的列维坦，凶恶、沉默、隐在黑暗中，让人不可思议；乔治时代的厨子则像阳光和清风的造物，在起居室出出进进，一会儿借份《每日先驱报》，一会儿讨教一下你对帽子的高见。想要找出更严肃的例子，说明人类的变化能力吗？读一读《阿迦门农》②，看看随着时光的流逝，你的同情心是否还差不多完全属于克吕泰墨斯特拉。或想想卡莱尔夫妇的婚姻生活，叹息一番他或她的埋没和徒劳，想想可怕的家庭生活传统，竟让一位天才女子靠捕捉甲壳虫、擦洗平底锅消磨时光，而不是去写书，竟也习以为常。所有的人类关系都改变了——主仆关系、夫妻关系、父母与子女的关系。伴随人类关系的变化，宗教、行为方式、政治和文学都发生了变化。我们权且把其中的一次变化定在一九一○年左右。

我说过，谁要想平平安安地过上一年，非得有些评判人物的

---

① 塞缪尔·巴特勒，见第 25 页注①。
② 《阿迦门农》，古希腊三大悲剧作家之一埃斯库罗斯的剧作，下文的克吕泰墨斯特拉为剧中女主人公，阿迦门农之妻，与人私通，谋杀其夫。

本事。但评判人物,本是青年人的艺术。人到中年或老年,这门艺术的运用大体是出于需要,很少在运用过程中结下友谊或进行其他冒险和尝试。但小说家与其他人不同,他们在满足了实用的目的后,仍没有平息对人的兴趣。他们更进一步,他们觉得,就其本质而言,人身上始终有一些很有趣的东西。生活中的一切具体事务安顿妥当之后,关于人,还有一些事情,对他们来说似乎至关重要,尽管这与他们的幸福、舒适或收入无关。研究人物成为他们魂牵梦绕的追求,他们痴迷于创造人物。对此我觉得很难解释:小说家谈论人物,究竟意味着什么,是怎样的冲动有这么大的力量,促使他们不时将自己的看法形诸笔墨。

因此,倘若大家允许,与其做些分析和抽象的议论,我倒想给大家讲一段见闻,不管它有多么无聊,却是真实地发生在从里士满到滑铁卢的旅途中,希望能够借此向你们表明,我所谓的人物,意味着什么;还希望大家意识到它可能呈现不同的侧面,乃至当你试图用语言表达它时,会有种种潜在危险困扰你。

那么,几个星期之前的一个夜晚,我险险误了火车,急匆匆赶到车站,跳上最近的一节车厢。落座时,忽然有一种异样的、不安的感觉,似乎我搅了此前已经坐在那里的两个人之间的谈话。两人并不年轻,也不快乐。完全不是这样。他们都上了年纪,女人六十多岁,男人也四十好几了。他们面对面坐着,男人探身说话,从他的态度和脸上的潮红来看,口气很强硬,随后,他又坐直了身子,沉默下来。我的打扰,让他不免恼火。然而那老妇人,我要称她为布朗太太,反倒轻松下来。她是那种整洁的、衣衫磨损出线头的老妇人,穿着一丝不苟——扣子扣齐,衣带束紧,该收煞的收煞好,该缝补的缝补过,该洗刷的洗刷净,所有这些,都透着生计的艰辛,却不是潦倒和邋遢。有什么痛苦攫住她——是一种受难、忧虑的表情，而且，她极其瘦小。清洁的小靴子里的双脚，几乎踏不到地板。感觉中，她像是无依无靠；必须自己拿主意；像是多年之前，遭人遗弃或寡居后，始终生活在忧患与困穷中，拉扯一个独生儿子长大成人，她的儿子，很有可能，现在开始破落了。我坐下时，所有这些念头都在脑海里一闪而过，就像大多数人一样，旅途中邂逅同行的乘客，必定有些不自在，除非多少弄明白他们的身份。接着我又打量那男人。我敢肯定，他与布朗太太非亲非故；他更高大，更魁梧，不那么利落。我猜他是个商人，很像北部的体面的玉米经销商，身穿质地良好的蓝哔叽，带了小折刀、丝绸手帕和鼓鼓囊囊的皮包。但显然，他与布朗太太之间有桩不愉快的交易要了结；秘密的、甚至是邪恶的交易，而他们不愿意当着我的面讨论下去。

"不错，说起仆人，克罗夫特夫妇确实运气不佳。"史密斯先生（我且如此来称呼他）若有所思地说，想是为了避免尴尬，扯回到早些时候的话题上。

"哦，可怜的人，"布朗太太说道，多少有了些优越感，"我祖母使过一个女仆，十五岁时那女仆来，一直使到八十岁呢。"（话里透着伤心和倨傲，或许意在引起我们两人的注目。）

"人们现在很少遇上这种事儿了。"史密斯先生打个圆场。

随后两人沉默下来。

"真奇怪，他们干吗不在那里开一家高尔夫俱乐部——我本以为哪个年轻人会做。"史密斯先生说，静默显然令他难堪。

布朗太太根本就不想答碴儿。

"他们的确把这块地方改变了不少。"史密斯先生说，目光转向窗外，顺便瞥了我一眼。

从布朗太太的默不作声，从他对布朗太太讲话时故作的谦恭,明显可以看出,他对布朗太太拥有某种令人不快的支配力。可能是由于老妇人的儿子倒运了,或是由于她或她的女儿生活中有一段痛苦的往事。兴许她是前往伦敦签署一些文件,转让财产所有权。显然,她无可奈何地受制于史密斯先生。我开始对她生出深深的同情,突然,她没头没脑地说道:

"能告诉我吗,橡树叶子连续两年给毛毛虫啃食,橡树会不会死?"

她问得明快,可以说是精确,一副文雅、好奇的口吻。

史密斯先生吃了一惊,但随即因为对方一个不犯忌的话题松了口气。他滔滔不绝地谈起昆虫的祸害。他告诉布朗太太,他有个兄弟在肯特郡经营果园。他告诉她,肯特郡的农夫每年产些什么水果,等等,等等。说着说着,奇怪的事情发生了。布朗太太掏出她的白色小手帕,开始轻拭眼角。她哭了。但她仍然平静地听他讲话,他也谈兴不减,惟声音高了些,有些悻悻然,仿佛以往他常常见她哭泣,仿佛这是个恼人的习惯。终于,他忍无可忍。他突然截断话头,两眼望向窗外,又向她探过身去,如同我刚进来时一样,接下来的话就有了恫吓的意味,好像他再也不能忍受半句废话:

"我们刚才说的事,就这么定了。没问题吧?乔治星期二会在那里?""我们不会迟到。"布朗太太挺直身子,凛然答道。

史密斯先生不再说话。他站起身来,扣好外套,拎起皮包,不待火车在克拉彭车站停稳,就跳下车去。他得到了想要的东西,但他为自己感到羞愧,只想尽快从老妇人的视线中消失。

车厢中,只剩布朗太太和我两人。她坐在对面的角落里,整洁、瘦小、颇有些古怪,创深痛巨。她给人的印象是势不可挡的。像迎头的风,扑鼻的烟熏火燎气。是什么构成了这种势不可挡的、奇特的印象？此时此刻，无数毫不相干的荒唐想法闪现在我的脑海里，我看到那个人，看到布朗太太，处在各种不同场景的中心。想象中，她住在海边，屋子里摆满奇特的饰物：海胆、玻璃罩子中的船舶模型。丈夫的勋章摆在壁炉上。她急惶惶地出来进去，欠身在椅子边上坐坐，收拾收拾碟子里的饭菜，又长时间愣愣地盯住什么地方看。毛毛虫和橡树似乎预示了一切。接着，在这种美妙的隐居生活中，史密斯先生闯进来。我看到他突然出现，比方说，是在一个风急浪高的日子里。他砰地推开门，又咣当一下摔上门。雨伞上的滴水在客厅聚起水洼。他们在小房间里坐到一起。

随后，史密斯太太面对可怕的真相。她作出了勇敢的决定。清晨，天还没亮，她收拾好手提包，自己拎了前往火车站。她不让史密斯碰它。她的自尊心受到伤害，解缆起锚，离开了她的停泊地；她出身名门，家里有佣人——但细节暂且按下不表。重要的是理解她的性格，沉浸在她周遭的氛围中。我没有时间解释为什么我觉得事情有些悲壮，却又有一丝荒诞和怪异，因为火车进站了，我望着她拎了手提包，消失在巨大的、灯火通明的车站内。她看上去很瘦小，很坚强；非常脆弱，又非常英勇。我从此再没有见过她，也再不知道她后来怎样了。

故事莫名其妙地结束了。但我讲这则见闻，既不是为了夸耀自己目光敏锐，也不是为了说明从里士满到滑铁卢，一路上有多么惬意。我想让你们从中看到的是，这里有一个人，呈现在另一个人面前。这里是布朗太太，她促使什么人几乎不由自主地要写一部关于她的小说。我相信，所有小说都始于对面角落的一位老妇人。我相信，也就是说，所有的小说都要与人物打交道，小说的形式，或者笨拙、冗长、枯燥，或者丰富、轻快、活泼，都是为了表现人物而展开的,不是为了说教、歌咏或赞颂大英帝国的荣耀。我说过,是为了表现人物,但你们马上会想到,对这些话,可以有非常宽泛的解释。例如,老布朗太太会给你留下迥然不同的印象,全看你的年龄和你出生在哪个国家。对火车上的这段插曲,我们可以轻而易举地作出三种不同的描述,英国式的,法国式的和俄罗斯式的。英国作家会将老妇人塑造成一个"人物";他将描摹她的怪癖和习性;她的衣扣和皱痕;她的缎带和粉刺。老妇人的个性将主导全书。法国作家全然不管这些;他将牺牲布朗太太个人,转而关注普遍的人性,构造一个更为抽象、均衡与和谐的整体。俄罗斯作家就会穿透五脏六腑,洞见灵魂——只有灵魂,在滑铁卢铁道线上游荡;他会向生活提出一些很大的问题,书读完后,还翻来覆去地在我们耳边回荡。而且,除了年龄和国家,还须考虑作家本人的气质。你对人物这样看,我却那样看。你说它的意思在此,我说它的意思在彼。一旦动笔,每个人又会进一步确定他自己的信条。因此,由于作家的年龄、国籍和气质不同,对布朗太太,可以有无穷无尽的处理方式。

不过现在,我必须回顾阿诺德·本涅特先生所说的话。他说,只有人物真实,小说才有机会流传。否则,它终将湮没无闻。但是我问自己,何谓之真实?又该由谁来判断真实?一个人物,对本涅特先生可能是真实的,对我则不然。例如,在那篇文章中,他说,《福尔摩斯探案》中的华生医生在他看来是真实的,但依我看,华生医生不过是个用麦秆填充起来的草袋,一个傀儡,一个插科打诨的角色。对一本书又一本书中的一个又一个人物,情况都是如此。讲到人物的真实,必是众说纷纭,分歧之大,再没什么事情能比得上,尤其是就现代小说而言。但如果我们的眼界放大一些,我想本涅特先生倒也没错。如果,也就是说,大家想到的是你们心目中的经典小说——《战争与和平》《名利场》《项狄传》《包法利夫人》《傲慢与偏见》《卡斯特桥市长》《维莱特》——你们如果想到这些书,必然就会记起一些人物,对你们来说,他们是那般真实(我倒不是说生活中实有其人),不仅能让你们思量人物本身,更能牵动你们透过它的眼光去看待万事万物——宗教、爱情、战争、和平、家庭生活、乡镇上的舞会、日落、月升、灵魂的不朽。对我来说,《战争与和平》就几乎不曾遗漏人类经验的任何主题。在所有这些小说中,所有这些伟大的小说家都曾借助一些人物,引领我们见识了他们希望我们见识的东西。否则,他们就不是小说家,只能算作诗人、历史学家或写小册子的宣传家。

但现在,让我们看看本涅特先生又说了些什么——他说,乔治时代没有伟大的小说家,因为他们不能创造真实的、活生生的、让人信服的人物。对此,我不能苟同。有种种理由、借口、可能,我想,可以让事情变得两样。至少在我看来是如此,但我清楚知道,在此类问题上,我很可能偏激、轻率、短视。我把我的观点讲给大家,希望经你们校正,它将变得公正、缜密、有见地。那么,何以当今的小说家很难创造出不仅让本涅特先生,而且让整个世界都觉得真实的人物?何以十月份来临时,出版商总是拿不出什么皇皇巨著给我们?

不错,原因之一是,一九一〇年前后开始写作的男女面临这样一个巨大的困难——没有在世的英国小说家可供他们借鉴。康拉德先生是波兰人;他与我们有隔膜,不管他多么令人景仰,都于事无补。哈代先生自打一八九五年以来,就不再写小说。一九一〇年时,最杰出和最成功的小说家,我想是威尔斯先生、本涅特先生和高尔斯华绥先生。那么,在我看来,求助这些人,向他们讨教如何写小说——如何创造真实的人物，就像到鞋匠那里，讨教如何制作手表一样。请不要误解我的意思，我并非不欣赏他们的小说。它们对我有极大的价值，或者说是极大的必要性。有些时候，靴子比手表来得更重要。说得直白一些，我想，经历维多利亚时代的创作活动后，不仅是文学，还有生活，都需要有些人像威尔斯先生、本涅特先生和高尔斯华绥先生那样写书。然而，又是多么奇特的一些书！有时，我甚至奇怪，我们是否应当称之为书。因为它们让人产生了某种不完整、不满足的奇异感觉。为了求得完整，似乎必须做一些事情——加入一个俱乐部，或者，更冲动些，干脆签一张支票，连会费也缴了。做过这一切，心中的躁动才会平息下来，书也算读完了，可以摆回书架上，从此再不翻阅。但对其他小说家的作品，情况就有不同。《项狄传》和《傲慢与偏见》本身很完整，它们是自足的；人们不会急匆匆去做任何别的事情，只想一读再读，领略得深入一些。区别或许在于，斯特恩和简·奥斯丁关注的是事情本身，人物本身，小说本身。因此，一切都在书中，不假外求。而爱德华时代的人从不关注人物本身，或小说本身。他们感兴趣的是一些外在的事情。他们的书，作为书来说不够完整，需要读者自己主动地、切实地补充后完成。

或许，我们可以说得更明白些，只须我们发挥想象力，假定火车上曾有一次小小的聚会——威尔斯先生、高尔斯华绥先生、本涅特先生同布朗太太一道搭车前往滑铁卢。我说过，布朗太太衣装寒酸，身材瘦小。她有一种焦虑、苦恼的表情。我怀疑她是否够得上你们所谓的有教养的女性。威尔斯先生以我形容不出的敏捷，一眼捕捉到我们潦草的初等教育导致的所有这些症候，他会立即在玻璃窗格上投射下一幅影像，映出一个美好、轻松、欢快、幸福，进取心更强烈，更为鲜亮的世界，在这个世界上，并不存在眼前这些破旧的火车车厢和古板的老妇人；每天早晨八点钟，漂亮的驳船给坎伯维尔运来热带水果；这里，有托儿所、喷泉、图书馆、餐室、客厅，还有婚礼；这里，每个公民都慷慨而真诚，高尚且勇敢，像威尔斯先生本人一样。当然从任何人身上，都看不到布朗太太的一点影子。他的乌托邦里，根本没有布朗太太其人。实际上，我想，威尔斯先生急切地按照理所应当的样子塑造布朗太太，想都不会去想她究竟是怎样的。高尔斯华绥先生又会看到什么？我们不致怀疑道尔顿工厂的大墙引起了他的兴趣吧？工厂里的女工，每天制作二十五打陶罐。梅尔恩德①大街上的母亲还指望着她们挣得的那一点点钱。与此同时，苏里区②的老板仍然叼着醇香的雪茄，听夜莺鸣唱。高尔斯华绥先生一腔愤慨，满脑子此类所见所闻，他忙着质疑文明，只能将布朗太太看做在陶轮上爆裂后、又给丢到角落里的一只陶罐。

爱德华时代的一干人，惟有本涅特先生，目光还会停留在车厢里。确实，他会极其认真地观察每一处细节。他会注意到各种广告；斯旺内奇和朴茨茅斯的图片；钮扣间鼓胀起来的垫衬；布朗太太如何别一枚胸针，那胸针在惠特沃斯街市上值三便士十三生丁；两只手套都已补过——实际上左手手套的大拇指处重新换过。最后，他还会不厌其烦地描述这是一趟从温莎开来的直达快车，在里士满停靠，是为了方便那里的中产阶级居民，他们有钱去剧院，却还没有跻身于更高的社会阶层，负担不起私

家汽车,虽然他们确实有时候(他会告诉我们什么时候)也去租车公司(他会告诉我们哪个公司)租一辆车来开。如此这般地,他逐渐迂回到布朗太太身边,开始讲述她如何获得遗赠,拥有达切特一小块地产的副本保有权,但不是自由处置权,又是如何将它抵押给律师邦吉先生——但且慢,我为什么要冒昧地代本涅特先生立言?本涅特先生自己不就写小说吗?让我翻开偶然碰上的第一本书——《茜尔达·莱斯维斯》。我们来看看他是如何像小说家该做的那样,让我们感觉一个真实的、活生生的、让人信服的茜尔达。茜尔达轻轻地、小心翼翼地掩上门,这显示了她与母亲的紧张关系。她很喜欢读《莫德》①;她天生具有强烈的感受力。到此为止,一切都好;本涅特先生悠然自得,不紧不慢地写下了最初几页,每一笔都不能少,好让我们明白她是怎样的一位姑娘。

但接下来,他开始描述,不是描述茜尔达·莱斯维斯,而是描述从她卧房窗子看出去的景象,因为收房租的斯凯霍恩先生从那边走来。本涅特先生继续写道:

"特恩小丘的辖区在她身后铺展开;烟雾弥漫的五镇区向南延伸,特恩小丘就位于五镇区的北端。在查特莱森林的尽头,运河蜿蜒曲折,流向柴郡的白净平原和大海。运河岸上,正对着茜尔达的窗子,是一间磨坊,有时喷出浓烟,与两侧目力所及处的砖窑和烟囱相比,几乎毫不逊色。一条甬道,将长长一排新建的别墅与附带的花园分隔开,从磨坊直通莱斯维斯太太屋前的莱斯维斯街。斯凯霍恩先生就是顺这条道走来,他住在那排别墅的最远端。"

---

① 《莫德》,英国诗人丁尼生的单人剧。

一行有悟性的文字，要胜过所有这些铺排；但我们权且把它当做小说家必不可免的饶舌。那么——茜尔达在哪里？天啊，茜尔达仍在张望窗外。她是个热烈和不安分的姑娘，对房屋建筑却不乏鉴赏力。她常常拿上了年纪的斯凯霍恩先生与她从卧房窗子向外看到的花园住宅作比较。因此，还必须描述那些花园住宅。本涅特先生写道：

"那排别墅称为自由处置花园：是个带有夸耀意味的名字，因为在这个区里，大部分地产只有副本保有权，要想更换业主，必须交付'贡金'，还得征得由封地领主的管事主持的'合议厅'的同意。大多数别墅都归住户所有，他们每人都是自己那方土地的太上皇，时时会在覆盖了一层煤灰的花园里消磨一个夜晚，四周飘动着晾晒的衬衣和毛巾。自由处置花园象征着维多利亚时代经济的最终胜利，代表了精明而勤奋的工匠的手艺的极致。它与建房互助会会长的天国之梦恰相吻合。它确实是一个非同小可的成就。然而，茜尔达怀着毫无来由的鄙夷心情，拒不承认这一点。"

天啊！我们终于同茜尔达照面了。然而且慢。茜尔达可能是这样的，那样的；但茜尔达看罢房子，想罢房子，这还不够，她总要住在房子里。茜尔达住的是什么样的房子？本涅特先生又写道：

"四栋房屋组成了独立式联栋住宅，他们住了中间两栋中的一栋，房屋是她当茶具制造商的祖父在世时修建的；他们那栋是四栋住宅中的主建筑，显然是留给联栋住宅的业主受用。一侧角落的房屋开起杂货店，就少了本该有的花园，因此业主的花园布局自然略大于其他的花园。构成联栋住宅的不是那种平房，而是小楼，年租金为二十六到三十六英镑，平常的工匠、小保险代理商和代收房租者自然负担不起。此外,房屋建造得很精心,颇有些排场;尽管不免偷工减料,仍然隐约显示出乔治王朝时代的安逸。无疑,它是镇里的新区中最好的一排住宅。斯凯霍恩先生从自由处置花园来到这里,显然来到了更高级、更阔大、更舒展的地方。突然,茜尔达听到母亲的声音……"

但我们听不到她母亲的声音,或茜尔达的声音;我们只能听到本涅特先生的声音,向我们讲述租金啦,自由处置权啦,副本处置权啦,还有贡金。本涅特先生的目的何在呢?对此,我倒形成了自己的看法——他想让我们替他去想象;他想引导我们相信,既然他鼓捣出一所房子,里面必然会有人住。本涅特先生固然目光敏锐,有同情心和人情味,而且挺丰富,但他决不会瞥一眼角落里的布朗太太。布朗太太坐在车厢的角落里——列车正在行驶,不是从里士满驶往滑铁卢,而是从英国文学的一个时代驶往下一个时代,因为布朗太太是永恒的,布朗太太代表了人性,布朗太太的变化只在表面上,是小说家们你来我往——她坐在那里,甚至没有哪个爱德华时代的小说家对她稍加留心。他们热切地、专注地、若有所思地张望窗外;张望工厂、乌托邦,甚至是车厢的装潢和衬料;但决不留意她,决不留意生活,决不留意人性。因此,他们发展出一种适合自己目的的写作技巧;他们打造新的手法,设计好种种套路来完成自己的事情;然而,他们的手法不是我们的手法,他们的事情也不是我们的事情。对我们来说,那些套路意味毁灭,那些手法意味死亡。

大家或许抱怨,我的语言失之笼统。何为套路,或手法,你们会问,所谓本涅特先生或威尔斯先生或高尔斯华绥先生的套路不适合乔治时代,倒是什么意思?这个问题很难解答:我且试试用个简单的办法来说明。写作的套路与待人处事的套路没有太大不同。文学如同在生活中一样，都需要有一些手段，拉近女主人与陌生客人、或作家与陌生读者之间的距离。女主人就会想到谈论天气，因为一代又一代的女主人最终确定，这是一个我们大家都信服的普遍感兴趣的话题。她上来会说，五月的天气真糟透了，这样与她不熟悉的客人搭上话，慢慢再去谈论更有趣的事情。文学也是如此。作家为了与读者搭上话，先得说些读者明白的事情，刺激他的想象力，让他乐于合作，建立来之不易的亲密关系。最重要的是，双方的这个会聚点应当很近便，即使是黑暗中，闭上眼睛，凭下意识也能摸到。在我引述的章节中，本涅特先生就利用了这样的共同话题。他要做的，是让我们相信茜尔达·莱斯维斯的真实存在。所以，作为爱德华时代中人，他首先准确、细腻地描写了茜尔达居住房屋的式样，她从窗前看到的房屋的式样。房产是爱德华时代人们套近乎的共同话题。这个套路在我们看来虽然迂曲，当时却行之有效，成百上千个茜尔达·莱斯维斯就是这样给打发到世界上来的。对那个时代和那一代人来说，这个套路果然不错。

那么，如果大家听我对自己的那段见闻吹毛求疵，就会发现，我是多么深切地感到缺乏某种套路，而一个时代的手法对另一个时代毫无用处，又是件多么严重的事。车厢的见闻给我留下深刻印象。但我又如何把它传达给你们？我能做的，就是尽可能准确转述我听到的，详尽描摹人们的衣着打扮，无奈地表明种种情景涌入我的脑海，再把它们杂乱无章地和盘托出，为了形容这一生动的、压倒一切的印象，我只能拉扯上迎头的风、扑鼻的烟熏火燎气。说实话，我也受到强烈诱惑，想敷衍一部三卷本的巨著，大谈老妇人的儿子，他横渡大西洋的奇遇，她的女儿，乃至她如何在威斯敏斯特经营一家女用衣帽店,还有史密斯先生本人的往事和他在谢菲尔德的房子,虽然在我看来,这些故事是世界上最沉闷、最无聊的胡扯八道。

不过,倘若我这样做了,现在也就不必再煞费周章地说明我的意思。要想说明我的意思,我本该回溯,回溯,再回溯;选择各种各样的方法;试试这个句子,再试试那个句子,掂量每一个字眼,让它尽可能贴切,因为我知道,我必须在我们之间设法找到某个共同话题,某种对你们来说不太古怪、虚假和牵强的套路。我得承认,我逃避了这番巨大的辛苦。我让我的布朗太太从我的手指缝儿里溜开了。我没有告诉你们任何关于她的事。但这在一定程度上该归咎于那些伟大的爱德华时代中人。我问他们——因为他们比我年长,也更有智慧——我该如何来描述这个女人的性格?他们说:"上来先讲讲她的父亲在哈罗盖特开店。说定店租。说定一八七八年时店员的工钱。弄清楚她母亲是怎么死的。描写癌症。描写白棉布。描写……"但我叫道:"够了,够了!"我很抱歉地告诉大家,我把这种粗陋、呆滞、笨拙的手法扔到了窗外,因为我知道,一旦我开始描写癌症和白棉布,我的布朗太太,我虽然不清楚怎样传达给你们但我自己却刻骨铭心的幻象,就会黯淡下去,渐渐消退,从此无影无踪。

我说爱德华时代的手法对我们并不合用,就是这个意思。他们过分强调事物的细节。给我们一栋房子,就指望我们能够想明白住在里面的人。公道些说,他们笔下的房子确实很值得住上一住。但如果大家认为,小说应当以人为主,他们居住的房子倒在其次,那么,这样下笔就不对头了。因此,你们看,乔治时代的作家首先不得不抛弃当时使用的方法。他独自一人面对布朗太太,没有任何办法,将她介绍给读者。但这样说,并不确切。

作家从不会孤独。永远有大众跟随他，即使不在同一排座位上，至少也在隔壁的车厢里。大众是些奇怪的旅伴。在英国，他们是非常听话、容易驾驭的一群，只要你能引起这一群的注意，它就能毫无保留地相信你说的话，经久不变。如果你信心十足地宣称："所有女人都有尾巴，男人都驼背。"它就会真的学着察看女人的尾巴和男人的驼背，但如果你说："胡扯。猴子才有尾巴，骆驼才有驼峰。男人和女人有头脑，有心，他们能思索，有感情。"那么，大众会认为这话太激进，甚至很不恰当——像个蹩脚的笑话，而且有失体统。

但回到正题上来。这里是英国的大众，坐在作家一侧，声势浩大，众口一词："老妇人们有房子。她们有父亲，有收入，有佣人。她们还有热水瓶。据我们所知，老妇人从来如此。威尔斯先生和本涅特先生和高尔斯华绥先生一向告诉我们，这就是识别她们的方法。可现在，你的布朗太太出现了——叫我们如何信服？我们甚至不知道她的花园住宅叫做艾伯特还是巴尔莫罗；她买的手套值几个钱；母亲是死于癌症还是肺结核。她怎么活呢？得了，她不过是你凭空想象的人物。"

对老妇人，当然得靠自由处置住宅和副本保有地产去推断，不能单凭想象。

因此，乔治时代的小说家就处在一种尴尬的境地。一方面，布朗太太抗辩，她不是、完全不是人们所说的那种人，她自有魅力，极其迷人，却又稍纵即逝，吸引小说家来挽救她；一方面，爱德华时代的一干人又标举某些手法，很适合造一些新宅，拆几处老屋；而英国大众郑重声明，他们必须首先见到热水瓶。与此同时，列车风驰电掣地直奔车站，到得那里之后，我们所有人都必须下车。

如此等等，我想，就是乔治时代的青年人一九一〇年前后面临的两难处境。他们许多人——我特别想到了福斯特先生和劳伦斯先生——早期作品都写得不好，因为他们没有丢掉这些手法，反而试着加以利用。他们想求一个折中。他们直觉地抓住一些人物的特点和含义，又想把自己的直觉与高尔斯华绥先生对《工厂法》和本涅特先生对五镇的知识结合起来。他们尝试过了，但他们对布朗太太和她的个性，感觉太深切、太强烈，没办法继续尝试下去。必须有所行动。不管生命、肢体和宝贵房产需要付出何等代价，都必须挽救和表现布朗太太，在列车停稳、眼见她永远消失之前，展开她与世界的全部关系。摧毁和碰撞发生了。如此一来，我们才听到了周遭的嘈杂，在诗歌、小说和传记中，甚至在报刊文章和随笔中，我们听到了断裂、崩塌、粉碎和毁灭的声音。这是乔治时代的最强音——其实它倒是忧郁的，如果大家想到往昔的日子有多么美妙；想到莎士比亚、弥尔顿和济慈，甚至简·奥斯丁、萨克雷和狄更斯；想到语言，乃至它在自由飞翔时，能够扶摇直上，达到怎样的高度，再看这只雄鹰给人囚在笼里，羽毛脱落，啸声也嘶哑了。

鉴于这些事实——这些声音还在耳边回响，幻觉还在头脑中缠绕——我不打算否认本涅特先生说的话果然有些道理，他说，乔治时代的作家不能让人信服我们的人物是真实的。我不得不承认，他们无法以维多利亚时代的稳定性，每年秋天奉献出三部传世之作。然而，我并不沮丧，反而是乐观的。因为我想，每逢老人昏瞆，或新人稚拙，种种套路不再成为作家与读者之间的交流手段，倒成了障碍和羁绊之时，事情必然会呈现这种状态。目前，我们感受痛苦，但不是因为衰亡，而是因为缺乏作家和读者都能接受的应酬规则，作为前奏，引导他们进入更加激动人心的友好交流。文学的套路如此造作——主客会面时,不得不从始至终谈论天气,再没有其他话题——自然,弱者不免抵触,强者则被迫去捣毁文学圈子的根本基准和规则。这方面的迹象触目皆是。语法没人理会,句式也不成断片;就像在姨妈家度周末的小男孩儿,耐不住安息日徘徊不去的庄重气氛,纯粹出于绝望,在天竺葵花圃里跌来滚去。年纪长些的作家,当然不会这样任性胡闹。他们极度真诚,也不乏勇气;只是他们不知道该使用什么,是刀叉,还是自己的手指。因此,你若拜读乔伊斯先生或艾略特先生,就会惊异一个人的猥亵,另一个人的晦涩。乔伊斯先生在《尤利西斯》中的猥亵,照我看来,似乎是刻意的,算计好的,就像有人绝望之下,认定为了呼吸,只有打破窗子。有时,只要窗子打破了,他也庄重起来。但平白耗费了多少精力!而且,说到底,猥亵才乏味,如果它不是出自精力过剩或头脑憨直,而是因为有人急需新鲜空气,才做出这等决绝的举动来取悦公众!那么,再来看看艾略特先生。我认为,艾略特先生写出了现代诗中一些最动人的诗行。但他却完全不能容忍社会中的古老习俗和礼路——同情弱者,体谅庸人!我沉浸在他的一首美到极点的诗歌中,心旌摇动,觉得我必须跃向他的下一首,哪怕这一跃很危险,让人头晕目眩,于是,我没完没了地读罢一行又一行,像杂技演员一样,间不容发地从一只杆飞向另一只杆,我得承认,我需要的是旧日的规范,而且还妒嫉前人的闲适,他们不必在半空中疯狂旋转,只管拿一本书,歇在阴凉处沉思冥想。还有,说到斯屈赛的《维多利亚时代名人传》和《维多利亚女王传》,这些文章的用力处和格调,明显见出逆流而动,与时代格格不入。当然,不那么明显的是,他不仅与事实打交道,事实当然不可否认,同时,他还主要从十八世纪的材料中,敷衍出自己一套缜密的礼仪规范,如同一袭华美的袍子,披在身上,方便他与王公显贵肩并肩坐在桌前,高谈阔论,一旦他们光裸了身子,必会给男仆逐出门外。然而,大家如果拿《维多利亚时代名人传》与麦考利爵士①的一些随笔相比较,虽然感到麦考利爵士往往都错,斯屈赛先生往往都对,仍将觉出麦考利爵士随笔的厚重、劲健和充实,显示他与时代合拍;他的全部力量都注入作品之中,没有一星半点用于遮掩或攀附。但斯屈赛先生要想让我们理解,先得帮我们打开眼界;他先得找到并拼凑一套非常圆熟的讲话方式;这番努力,固然掩饰得很巧妙,却消解了作品本应具备的一些力量,限制了他的成就。

出于这些原因,我们必须平心静气,面对一个不成气候的出版档期。我们必须想到,如果花费这么大的气力,只为找个法子,再现真实,则我们得到的真实,本身必然是疲软的和混乱的。尤利西斯、维多利亚女王、普鲁弗洛克先生②——我们且以这几个名字来称呼布朗太太,近来,她就是顶着这类名字风光起来——不免有些苍白,等她的拯救者赶来时,已经衣冠不整。上天思虑周详,早已预备下大批作家,急着想满足大家的需要,而且也有此能力。我们听到的,就是他们的斧头的雕凿声——猛烈而刺激的声音回响在我耳边——当然,除非大家想要沉沉入梦。

那么,我已经尽力解答了开始时我提出的一些问题,兴许有些冗长乏味。我也谈了在我看来大大困扰乔治时代作家的一些难题。我试着为他们作了辩解。最后,能否允许我冒昧地提醒

---

① 汤姆斯·巴宾顿·麦考利(1800—1859),英国政治家、演说家、历史学家,曾任英国陆军大臣,著有《英国史》《古罗马之歌》等。
② T. S. 艾略特的《普鲁弗洛克的情歌》中人物。

大家,你们作为写作这项事业中的参与者,火车车厢中的旅伴,布朗太太的同路人,应当负有哪些义务和责任?因为对保持沉默的你们或对讲述她的故事的我们来说,她都是同样的醒目,有血有肉。在你们过去一个星期的日常生活中,你们必有比我这番叙述更奇特、更有趣的经历。你们不经意间听到了一些只言片语,令你们大为惊诧。你们晚间入睡时,为自己情绪的纷乱感到困惑。一日的工夫,有数不清的念头涌入脑海;数不清的情感交错、碰撞,消失在惊人的混乱中。然而,你们听任作家就所有这一切塞给你们一种说法,一个布朗太太的形象,与那个奇特的幽灵毫无共同之处。你们出于腼腆,认定作家的血肉与你们不同;他们对布朗太太,比你们懂得更多。没有比这更糟糕的错误了。是作家与读者之间的这种划分、你们的谦卑,乃至我们头顶的职业光环和受到的眷顾,败坏和阉割了书籍,而它们本该成为我们之间密切和平等同盟的健康产物。因此,这才出现了那些圆滑的、四平八稳的小说,那些夸张的、荒诞不经的传记,那些兑了水的寡淡的文学批评,那些吟唱纯洁的玫瑰和羔羊的甜美的诗歌,当下,就是这些东西,给人花言巧语地充作了文学。

你们的任务是促使作家走下他们的神坛和宝座,如果可能,不妨妙笔生花,但无论如何应真实地描述我们的布朗太太。你们应当坚持,她是一位有无限可能和无穷变化的老妇人;能够出现在任何地方;穿任何衣着;说任何话,做天知道什么事情。但她说的、做的和眼睛、鼻子、或出声或静默,都有极大的魅力,因为她就是我们生活中的精神支柱,就是生活本身。

不过,不要指望眼下就能够将她完整和圆满地表现出来。要容忍断续、朦胧、凌乱、挫败。一个美好的事业召唤你们伸出援手。最后，请允许我大胆断言——我们正战抖着接近英国文学的一个伟大时代。但只有下定决心，永远、永远不抛弃布朗太太，我们才能赢得这个时代。

现 代 书 信

　　在种种寻常的事情中,此事颇有不寻常之处——书信写作的艺术消亡了。它兴盛于免费投递年代,衰歇于便士邮政时期,电话则给了它致命的一击——现在,它已是性命危浅。偶尔,我们不妨想想这件不言自明的事情,考察一番当今的邮政,拿今日那些薄薄的信纸与当年那些庄重的书札作些比较,今日的书信是众人仓促写就,字迹凌乱,而当年的书札要在路上耽搁几个星期,一个月,字迹就更为工整,信笺拿在手里,也十分平崭挺括。

　　自然,此处就有旧日书信与当今书信的一些主要区别,旧日书信的写作更费些心思和时间。但我们难道可以认定,多费心思和时间一定就好?那时,书信是写来给人读的,不是只供一人拆阅。它是一种创造,尽力要值得为它所做的付出。邮件的到来是件大事。它不会三五分钟后,就成了字纸篓中的弃物,却要轮流传看,高声诵读,然后存在家中的小匣里,留作念想。无疑,这就促使人们在写信时格外用心,要推敲字句,铺排闲笔,修饰辞令,结构论据,讲究写作的章法。不过,威廉·坦普尔爵士虽然想知道多萝西安好、快活,而且爱恋着他,但他是否像我们一样欣赏她的书信,怕也值得怀疑。[1] 人们猜想,霍勒斯·曼爵士或韦斯特或格雷不会急急忙忙开启沃波尔[2]寄来的厚厚邮包上的封印,他们等待一炉炭火,一瓶美酒,一些好友,事事齐备,才会当众朗读那些妙不可言的书信,相信其中要说的,没有什么内容太过隐秘,不可传入他人的耳朵——实际上,情况恰恰相反——这等风趣,这等优雅,这样一些时闻轶事,断不能独自消受,必须与他人分享才好。往往,那些伟大的书信作家很可能是些失败的小说家,潦倒的随笔作家,可惜先于时代而生。倘若活在我们的时代,多萝西·奥斯本会是一位令人仰慕的传记作家,沃波尔也会成为最出色和多产的新闻记者——至于世界因此是得,是失,那就很难说了。他们不停歇的书信写作,完善了一门独特的艺术,一门在特殊情况下产生的艺术,这是不容争辩的。但如果我们过于苛刻,还要更进一步,断言他们的技艺堪称书信写作的艺术,到我们这里已经失传,而我们的技艺,与他们的不同,根本与艺术无关,话说到这里,似乎有些悲观和妄自菲薄。

这里,当然,本该一劳永逸地制定书信写作的全部原则。但既然亚里士多德从来言不及此,既然书信艺术始终是一种出自无名氏的挣不到钱的行当,其行家里手如果有谁站出来,以此自命,必然落下笑柄,那么,我们还是不谈这些原则也罢。因此,让我们不带绳尺,考察一番清晨收到的邮件,还有往日清晨收到的邮件,以往的邮件,乱糟糟丢在旧抽屉里,那更多是出于懒惰、而不是有意为后人留些念想。这些邮传的纸页,由一个人写给另一个人,跌到信箱里,又摆上了早餐的餐桌——如此而已。首

---

① 参见第 55 页注①。
② 霍勒斯·沃波尔(1717—1797),英国作家,著有英国第一部哥特式小说《奥特朗托堡》,存世有 3000 多封书信。

先,它们的字体很拙劣。不论该不该怪罪自来水笔的发明,显然,人们现在很难再见到一笔赏心悦目的好字。而且,书写风格也没有一定。时而外斜,时而内倾;字写得潦草,而且几乎行行都是联笔。信笺也是长短不一,蓝的蓝,黄的黄,绿的绿;纸张大都很粗糙,均匀覆上一层浆,用不了五十年,准会现出原形。个人的这种粗疏草率也体现在文体上。乍看之下,也没有文体可言。事到临头,才想起写信。写信者必是忘了什么,想打听些什么,想确定些什么,或是要提醒些什么。有时插上一句半句话谈论天气,也不过是虚应故事;名字签得龙飞凤舞,邮票贴得颠颠倒倒,然后打发出去了事。整桩事情纯粹是出于实用目的。

不过,除开这些,尽管不多见,仍有些念旧的书信,它们大多写于海外,为的是与朋友联络啦,传递消息啦,简单说几句本该在私下聊天时说的话啦。朋友之中,有人滞留在西班牙的小酒店里,有人在意大利游历,有人搬往印度定居,这些书信,现在最接近身在奥尔尼的柯珀写给巴思的赫丝基思夫人的那类书信。但二者又有何等的不同!首先,没人如此轻率,还会当众朗读一封现代书信,哪怕它寄自仰光。谁也不知道接下来会发生什么事。现代书信的写作者下笔无遮拦。信中几乎肯定有些字句,不免刺痛别人。要想给朋友读一封信,先得细心删改一番。再者,我们的社会允许言论有极大自由——语言变得非常直白,粗疏,不加修饰,碰到上辈人在场,就多有不方便之处。本来诚恳,却会给人误作粗俗。此外,现代书信的写作者太过随便,从不讲究文字的章法,几页薄纸,确实经不起高声诵读的煎熬。但另一方面,这些书信的私密性,那种亲昵感,倒也使它们比旧日的书信有趣得多,读来令人兴奋。信中不谈世界各地的消息,有报纸在,这已经没有必要。信是写给一个人的,写信者自有些理由,只想写给他或她本人。它的含义是不公开的,它的讯息是保密的。由于这些原因,它成了一份仓促中写下的物证,不宜夹在家庭自备《圣经》的书页间,只能存在上了锁的抽屉里。

那么,它们就带着所有这些毛病,乱七八糟地给人塞到抽屉里——今日的信件摞在昨日的信件之上,一日挨一日地摞下去,不编目录,不作分类。年复一年,信件越积越多。抽屉几乎给它们撑破;一些写信的人死了,另一些人没了音讯;还有些人再不动笔。怎么处理这些书信呢?且来浏览一过,看看是否应当把它们付之一炬。然而一旦埋头其中,读读这个,读读那个,最初的目的早已忘个干净。人们一页页翻下去。有些柬帖,邀请参加十年前的宴会。有些明信片,请求退回遗下的雨伞。有些孩子写的纸片,感谢收到了一盒水彩画。有些记了房屋造价的估算。有些长长的、东拉西扯的信件,似乎是说什么人不打算同什么人结婚。那结果是难以描述的。人们可以发誓又听到某些声音,闻到某种花香,身在意大利,在西班牙,或烦得要死,极度不开心,兴奋莫名。如果书信写作的艺术在于它能激发情感,唤回往昔,还原逝去的某日、某时,不,应当是某刻,那么,这些默默无闻的通信者,连同他们草率的、随意挥洒的习惯,他们的风言风语,他们的不敬和嘲弄,他们细心地记下日程,他们当时忙活的事情和他们对后人如何看待他们的那种满不在乎,顿使柯珀、沃波尔和爱德华·菲兹杰拉尔德相形见绌。不错,但如何来处理它们呢?问题仍然存在,因为读来读去,事情变得很明显,也就是说,由于便士邮政和电话,书信写作的艺术目前进入了一个新的阶段,它并没有死亡——这个字眼儿当然用不到它身上——它活泼泼地生存,只是不再适于刊印。我们时代最精彩的书信正是那些永远不能公之于众者。

莱斯利 · 斯蒂芬[*]

儿女渐渐长大，父亲的辉煌岁月也结束了。他攀山涉水的胜绩都是在儿女们出生前完成的。种种念想，就散落在房间里——书房壁炉上的银杯；墙角书架旁戳着的锈迹斑斑的登山杖；他常常聊起那些伟大的登山者和探险家，直到临终，钦羡和妒嫉的口吻兼而有之。但他自己早已不那么活跃，只能满足于漫步瑞士山谷，或在康沃尔郡的大沼里闲荡。

他的几个朋友，不时谈起各自的出行经历，对比之下，显见得，他口中的漫步和闲荡，就多了些意思，不像别人说得那般轻巧。吃过早饭后，他会独自一人，或带上一个同伴出门。正餐前不久转回家来。倘若走得尽兴，他必定摊开大张地图，用红笔标上新近发现的捷径。他似乎有本事整天徜徉在沼泽地中，很少对同伴说上只言片语。那时，他已经写完几本书，包括《十八世纪英国思想史》，有人说，这将是他的代表作；《伦理学》——他对此书用力最勤；《欧洲的度假胜地》，其中有"勃朗峰的落日"一章——他认为，这是他写得最好的一本书。

---

* 莱斯利 · 斯蒂芬（1832—1904），作者的父亲，哲学家、文人，《英国名人传记词典》第一任主编，并因此获封爵士，著有《十八世纪英国思想史》《伦理学》等。

他仍然每日里有板有眼地写书,但每次都不会花上太长时间。在伦敦,他的书房是一间大屋,房间的顶部,有三扇长大的窗子。他几乎是斜躺在低矮的摇椅上,一边写作,一边前仰后合,当做摇篮一样,嘴里叼一只黏土烟斗,周遭堆满书籍。用过的书丢到地板上,砰的一声,楼下也能听到。时常地,他踱着方步上楼进入书房时,会突然哼出一些奇怪的曲调,也不是唱歌,因为他根本不好音乐,哼的都是各类韵句,有他所谓的"俚俗谣谚",也有弥尔顿或华兹华斯的精妙诗章,走路或上楼,他都会即兴咏诵些东西,全看想到了什么,或什么与他的情绪合拍。

但儿女们能够跟在他身后漫步乡间小路,或阅读他写的书之前,倒是他灵巧的双手,让他们着迷。他用手转动一张纸,剪刀下,纷纷跌出大象、牡鹿,或猴子,长了活灵活现的鼻子、茸角和尾巴。要么,看书时,他拿一支笔,信手画出一只又一只野物,结果,书的扉页上,挤满了猫头鹰和驴子,像是为了图解他时常在书页空白处不耐烦地涂写下的批语——"天呐,蠢货!"或"自以为是的笨蛋"。他写文章时,就更有节制,但其中的想法,或许就是由这些简短的批语生发出来,让人想起他谈话的一些特点。朋友们都曾证明,他有时沉默寡言。但他叼着烟斗喷云吐雾之际,突然就会脱口插话,嗓音低沉,话却说得有力量。有时只用一两个字,伴了手势的一两个字,就驳倒了像是他的静默引发的一大套痴言妄语。"光是在伦敦,就有四千万未婚女子!"里奇太太有一次对他说。"得了,安妮,安妮!"父亲以惊惧而又亲昵的口吻驳斥她。但里奇太太,像是喜欢给人驳斥,下次来时,数字又长出一截。

他讲故事,逗孩子们开心,像在阿尔卑斯山的冒险经历啦——不过他说,必是你蠢到不听向导的话,才会发生意外——

或那些远足啦,一次,他冒了酷暑从剑桥前往伦敦,抵达后,"我喝酒,说起来惭愧,喝得伤了身子。"这些故事都很简短,却有一种奇异的力量,让人仿佛身临其境。他没道出的事情有影有形,一一凸显在背景中。所以,他虽然很少讲什么逸闻趣事,而且,对于事实,他的记性儿很差,但当他描述一个人时——他认识很多人,有的声名显赫,有的默默无闻——只须三言两语,就把他对此人的想法交代得明明白白。他的想法没准儿与其他人截然相反。他总有办法颠倒众人认可的名声,漠视世俗的价值观,这让人窘迫,有时还会伤害别人,尽管他比任何人都更尊重在他看来的真实情感。不过,逢到他突然睁开明亮的蓝眼睛,摆脱了心不在焉的状态,讲出他的想法时,人们就很难听而不闻。这个习惯也有其恼人之处,尤其是后来,因为耳背,他意识不到别人在听他讲话。

"我是最容易厌烦的人了。"他像通常一样如实写道;大家庭里难免会有些访客,茶点过后,端坐不去,看看还要等待正餐,此时,父亲常将他的一绺头发绕来卷去,表明他的恼怒。随后,他开始发作,一半是冲着自己,一半是冲着头上的神明,但闹出的动静,也清晰可闻,"他为什么还不走? 他为什么还不走?"然而,这种单纯,自有其可爱处——他不是同样真率地说过"厌烦是大地上的盐"吗?——厌烦归厌烦,访客很少就走,真的走了,也会原谅他,下次再来。

或许,对他的沉默,我讲得太多,对他的克制,我也强调得过分。他喜欢清晰的思想,厌恶煽情和装腔作势;但这并不是说他很冷漠,不动声色,日常生活中,总在批评和指责。恰恰相反,他对事物有强烈的感受,而且能够热烈地表达他的情感,有时,他陪同什么人时,不免使人不得安宁。例如,一位夫人抱怨多雨的夏季搅了她在康沃尔郡的出游。父亲虽然从来不以民主主义者自命,但对他来说,雨水却意味着玉米会倒伏;一些穷人又要倾家荡产了;他起劲儿诉说他的同情——当然不是对夫人——结果令她很不自在。有时,他会像对登山者和探险家一样,对农民和渔夫生出尊重。因此,他虽然很少谈论爱国主义,但在南非战争期间①——他厌恶一切战争——他又长夜难眠,仿佛听到了战场的枪炮声。同样,哪个孩子如果没有按时回家用餐,他必然认为可怜的小人儿准是出了意外,非死即伤,此刻,理性和冷静的常识都派不上用场。签署支票时,他的全部数学知识,加上他始终坚持必须绰绰有余的银行存款,都不能让他相信,全家人并没有像他所说的,"孤注一掷,要败家了。"他画的老人和破产法院,在温布尔登的陋室里(他在温布尔登有一间小房子)养活一大家子人的破落文人,在在都表明,他可不像有些人埋怨的那样说话克制,只要他愿意,照样能够夸大其词。

然而,他的不讲道理都是表象,只须看他的情绪消退之快,就证明了这一点。支票簿刚一合上,温布尔登和济贫院就忘到了脑后。一些有趣的想法让他忍俊不禁。他拿起礼帽和手杖,唤上爱犬和女儿,阔步直驱肯辛顿公园。孩提时,他曾在那里跳跳蹦蹦,他的哥哥菲茨詹姆斯②和他还曾在那里邂逅年轻的维多利亚女王,潇洒地向她鞠躬致意,女王也仪态万方地欠身还礼;从肯辛顿公园③,绕

---

① 1899 年 10 月 12 日至 1902 年 5 月 31 日,南非的德兰士瓦和奥兰治自由邦的玻尔人与英国人之间的一场战争,以玻尔人的军队投降告终。

② 菲茨詹姆斯(1829—1894),英国法学家、报刊撰稿人。1891 年获封准男爵。主要著作为《英国刑法史》。

③ 伦敦最大的公园之一,位于伦敦西区,始建于 1689 年,后于 18 世纪初拓展,1830 年前后向公众开放。毗邻海德公园和女王的妹妹玛格丽特公主和戴安娜王妃居住的肯辛顿宫。

过瑟彭廷湖①，就来到海德公园演说角②，在那里，他曾同伟大的公爵③本人打过招呼。散步之后，父亲一行就转回家来。这时，他不会让人有一丝一毫的"不自在"；他非常简单，待人和善，有时，从圆塘④到大拱门⑤，他都一声不吭，但即使他的沉默，也是意味深长的，他仿佛正在内心中独白，出入诗歌、哲学和他的旧雨新知中间。

父亲的生活极为节俭。他始终抽烟斗，从来不吸雪茄。他的衣服都要穿到显出寒伧；对奢侈的恶习和懒惰的罪过，他一向持老派的或者说是清教徒的观念。今日父母与子女之间的关系，多了某种随意，倘若父亲还在，必是不能容忍的。他希望家庭生活中，要有一些规矩，甚至是礼仪。不过，倘若所谓随意，意味着有权去自由思想和自由追求，那么，再没人比父亲更尊重甚至坚持这种自由了。他的儿子，除了陆军和海军，可以从事他们选择的任何职业；虽然他对女子接受高等教育不大关心，但女儿自然也有同样的自由。有时，哪个女儿吸烟，他会厉声呵斥——在他看来，女性吸烟很不雅观——然而，如果女儿向他请求要成为一名画家，他必定答应说，只要女儿是认真的，他就会尽可能给予一切帮助。他从来不热衷绘画；但他言而有信。这类自由要胜过成百上千支香烟。

---

① 为海德公园内的一处人工湖，面积约 40 公顷。雪莱的第一位妻子哈丽雅特·韦斯特布克 1818 年自溺于此。
② 海德公园为伦敦最大和最著名的公园，演说角位于海德公园东北角，星期日可任人自由发表演讲。
③ 即威灵顿公爵（1769—1852），英国陆军元帅，1828—1830 年任首相，曾在滑铁卢战役中统帅英、普联军击败拿破仑。
④ 位于肯辛顿公园，为一人工观赏池塘，1730 年落成，周长约半英里。
⑤ 始建于 1828 年，材料为纯白大理石，原是白金汉宫的主要入口，后白金汉宫扩建，大拱门遂移至海德公园附近。

在或许更复杂的文学问题上,他也同样如此。即使到今天,仍然有父母怀疑,听任一个十五岁的小姑娘随意翻阅大量良莠不齐的图书是否明智。但我的父亲就听之任之。他会吞吞吐吐地提到某些事实。不过,他说,"想读什么就读什么好了。"他的藏书,据他自己的说法,大都"俗滥,毫无价值",但当然,书多且庞杂,我们只管取阅,不必问过再读。读你喜欢的书,只因为你喜欢,决不可装作欣赏你并不欣赏的——这是他在阅读方面的惟一训诫。以最少的字句,尽可能清楚地写明你的意思——这是他在写作方面的惟一训诫。其他的一切,必须自己去领悟。儿女们除非太过不懂事,才会忽略这番教训出自一位学问渊博、阅历丰富的长者之口,虽然他从来不会强加他的观点,或炫耀他的学问。博恩街①上的裁缝见父亲走过他的店铺前时曾说过,"这位绅士衣着考究,自己从来不知道。"

父亲晚年时,日益孤寂,耳朵聋得听不见,有时,他会说自己是个失败的作家,"样样都能,样样不通"。且不说他文字生涯的成败,却不妨认为,他在朋友心中留下了深刻印象。梅瑞迪斯②说他早些年时像"光明之神阿波罗转世的托钵会修士";一些年后,托马斯·哈代③远望"光裸而空寂的"施雷克峰④,

---

① 伦敦最著名的珠宝、古玩、艺术品和时装街。

② 梅瑞迪斯(1828—1909),英国小说家、诗人。其在小说中运用的内心独白手法开意识流之先河。主要作品有长篇小说《利己主义者》,诗作《现代爱情》等。

③ 托马斯·哈代(1840—1928),英国小说家、诗人。主要作品有《德伯家的苔丝》《无名的裘德》等。下文中引用的他的诗句出自其《施雷克峰——怀念莱斯利·斯蒂芬》。

④ 阿尔卑斯山一处雪峰,位于瑞士,海拔 4078 米,因其峻峭,又称"恐怖之峰"。莱斯利·斯蒂芬任阿尔卑斯登山俱乐部主席时,于 1862 年 8 月 14 日第一个成功地登上此峰。

写到：

> 念彼魁奇士，履险凌绝顶。
>
> 山如人之魂，人亦山之影。
>
> 人山两幽幽，照眼光耿耿。
>
> 此形虽嶙峋，此身自肃整。

他虽然是一位怀疑论者，却没人比他更相信人与人之间关系的价值，因此，他可能最珍重的评价，倒是梅瑞迪斯在他死后所说的："据我所知，只有他，才配得上你们的母亲。"洛威尔①称他："L.斯蒂芬，最受爱戴的人，"再恰当不过地描述了他的品格，也正是因此，多年之后，他仍然让人念念不忘。

---

① 洛威尔(1819—1891)，美国诗人、文学评论家、外交家。1880—1895 年曾任驻英大使。

船长的临终病榻

　　船长奄奄一息，躺在女人房间摊开的床垫上；房间的天花板漆成天空状，墙上绘了玫瑰攀缘的棚架，鸟儿就栖在上边。镜子嵌在各处的门上，因为镜子的反射，村民们称这间房间是"千柱之屋"。八月的一个清晨，船长弥留病榻。女儿送来一束他最喜爱的花——石竹和百叶蔷薇，他口述了一段话，要她记下：

　　　　天气不错（他说道），奥古斯塔刚刚给我送来三支石竹，三支玫瑰，花束真漂亮。我早早打开窗子，空气清爽。现在是上午九点整，我躺在床上，是诺福克①海岸一个叫做朗格汉姆的地方，离大海两英里……照字面儿的意思说（他接续道），我很高兴。我一点儿不饿，也不渴，胃口没受损害……经过多少年的胡思乱想，又经过近几个月的认真琢磨，我确信基督教信仰是真……上帝是爱……现在是九点半钟。永别了，世界。

　　一八四八年八月九日凌晨，破晓之际，他死了。

　　但他究竟是谁，躺在许多面镜子和手绘的花鸟之间，大限来

---

① 诺福克，英国郡名，位于英格兰。

136

临时,想到爱和玫瑰？奇特的是,他是位漂泊海上的船长;更奇特的是,他是位在拿破仑时代身经百战的船长,上得岸来,生活依然动荡不定,他写了一架子的书,充满了打打杀杀,征战讨伐。他的名字叫弗雷德里克·马里亚特①。谁又是奥古斯塔,带花给他的女儿？她是他的十一个孩子之一;但关于她,人们知道的惟一事实是,有一次,她同父亲一起捕鼠,捉到了一只硕大的老鼠——"你知道,我们诺福克郡的老鼠大得像成年的豚鼠"——用手捧着交给父亲,令旁人大为惊异,可以想象,父亲也得意得很,称赞他的女儿们"勇敢极了"。那么,朗格汉姆又是什么地方？朗格汉姆是诺福克郡的一处庄园,是马里亚特船长杯酒之间,用苏塞克斯大宅换来的。苏塞克斯大宅位于哈默斯密斯,他给苏塞克斯公爵②做掌马官时住在这里。但事情至此,就有些含糊起来。他为什么同苏塞克斯公爵争吵,不再做他的掌马官;为什么在海军部与奥克兰勋爵平静地会面后,他却暴跳如雷,割破了一根血管;为什么与妻子生养了十一个孩子,又离开了她;为什么乡下有宅子,却住到伦敦;为什么人在浮华世界,风头正健,却突然避居乡间,又不肯改变主意;为什么 B 夫人拒绝了他的爱情,他与 S 夫人又是什么关系;我们可能会问起这些问题,但也不过是白费力气。他的女儿弗洛伦丝写过两卷字大行稀的小书,书中叙述了他的生平,对这些问题,却避而不谈。遍数英国小说家,他的生活,最是活跃、奇特、充满了冒险经历,但也最

---

① 弗雷德里克·马里亚特(1792—1848),英国小说家,14 岁加入皇家海军,曾在世界各处服役,1830 年退役,时为上校。后热衷文学,著有冒险小说《国王专有的》《傻子彼得》《可怜的杰克》等,还写过一些儿童故事,《新森林的孩子们》为儿童文学名著。

② 苏塞克斯公爵,即奥古斯塔斯·弗雷德里克·汉诺威(1773—1843),父为英王乔治三世。

是说不清,道不明。

　　造成这种模糊的一些原因显而易见。首先,要说的东西太多。船长一八〇六年踏入社会,在科克伦勋爵的帝国号船上作见习水手。当时,他十四岁。此处是一八〇八年七月,他十六岁时保存的一本私人航海日志中的一些片断:

　　　　——24 日,从炮台上拆卸大炮。

　　　　——25 日,焚烧桥梁,拆除炮台,阻挡法国人。

　　　　——8 月 1 日,从炮台上拆卸铜炮。

　　　　——15 日,夺取一艘法国通信快船。

　　　　——18 日,攻占并摧毁一信号台。

　　　　——19 日,炸毁一信号台。

如此等等。隔上一天半天,他就要去破坏桥梁,攻占塔台,袭取炮舰,虏获船只,或者给法国人追逐。海上生涯的头三年里,他经历了五十次战斗;他无数次跳入海中,拯救溺水者。他游起泳来,如鱼得水,却有一次,老大不情愿地给小贩船上的老妇人救上来,因为老妇人在水中,也像一条鱼。后来,他参加了缅甸战争,战功卓著,获准佩戴一枚缅甸镀金战船臂章。显然,如果将他的私人航海日志的片断渲染一番,本不知洋洋洒洒可以写出几多书来,但一位女士,一生从没有烧过桥梁,拆过炮台,或打出过法国人的脑浆,你又能让她如何去渲染?她非常聪明地求助于马歇尔的《海军史》和《政府公报》。"公报的细节,"她说,"出了名的枯燥,但毕竟可以信赖。"因此,呈现在众人眼前的生活,就这样枯燥地写出来,总还可以信赖。

　　不过,私生活毕竟存在;看看他交接的朋友、挥霍的金钱、生发的争吵,就知道他的私生活跌宕多姿,如他生活的另一面一样。但这里,我们面对的,仍然是缄默。其中的原因,部分在于他的女儿误了时日,她动笔写作时,已经二十四年过去了,朋友一一辞世,信件也毁掉了;部分在于她是他的女儿,对父亲充满孝心,而且相信"刨根问底,不是传记作家的本分"。因此,著名的政治家 R—P—爵士就是 R—P—爵士,S—夫人就是 S—夫人。偶尔,几乎是出于意外,我们才突然惊闻一声叹息:"人海浮沉,该经历的,我都经历了,到头来才发现,一切都是空幻";"我的麻烦无穷——家事、农务、法律、钱财,样样愁人";或片刻间,我们得以窥见这样的场景,"你憩息在沙发上,C——偎在你旁边,我坐在脚凳上",这场景"像一幅画,让我时时魂牵梦绕",不经意中还写入一封信简。但是,船长又说道:"一切都消失了,像'过眼云烟'。"确实,一切,或几乎是一切,都消失了。后人要想了解船长,必须去读他写的书。

　　几年前再版了他的《傻子彼得》和《虔敬的雅各布》,堂堂皇皇的大开本,有森兹伯里教授和迈克尔·萨德雷尔先生作序,证明他的书还有人读。书也确实有趣,虽然没人会说它们够得上杰作。书中没有塑造任何不朽的场景或人物,远远不能代表小说史上的一个时代。讲究谱系的批评家可从中追索出笛福、菲尔丁和斯摩莱特①的影响,那种影响就展现在它们简单明了的文字中。很有可能,是文学之外的东西吸引了我们。麦田上空悬的一轮日头;追逐犁铧翻飞的鸥鸟;倚在门框上絮絮而谈的乡下人,莫不勾起人们的愿望,想要退回到一百年前,重新过一种简朴的生活。但在世的作家,不管怎样努力,都不能再现过去,

---

　　① 托拜厄斯·乔治·斯摩莱特(1721—1771),英国小说家,主要作品有《兰登传》和书信体小说《亨佛利·克林克》等。

因为他们不能再现那些普普通通的日子。他是带了有色眼镜去看待过去的,充满了感伤和浪漫;往昔要么很美妙,要么很野蛮,惟独缺了些家常。但一八〇六年的世界对马里亚特船长来说,就像一九三五年的世界对当下的我们,它是一个平平常常的所在,街上没有什么东西好看,话语中也没有什么东西好听。对马里亚特船长来说,留了小辫子的水手和舢板上粗声大气的女人,都没有什么不寻常。因此,一八〇六年的世界相对于我们,既是现实的,平常的,又是尖锐的,奇特的。观赏百年前的一个普通日子,让人兴奋,兴奋之余,我们仍然阅读下去,任我们惯于挑剔的天性,津津有味地消受一本并非经典的小说。艺术家的想象力过于雕琢时,你就很难看清他如何用力;我们必须小心翼翼地留神那些精彩段落的难以察觉的起承转合之处。而读船长的书,事情就简单多了。在这些难免粗糙些的读本中,我们更接近小说的艺术;小说的骨、肉和脉络,了了分明。评判一位虽非卓越超拔、却也本领精湛的手艺人,本是件惬意的事。我们读他的《傻子彼得》和《虔敬的雅各布》,无疑会感到,至少,马里亚特船长天生具备成为一名大师的大部分禀赋。我们莫非以为他只能给孩子们讲故事?这里是一段文字,表明他能够运用诗人的语言,引人遐想,虽然要想充分领略其效果,如同小说向来要求的,必须在阅读时沉浸在主人公的情感中。父亲死后,雅各布孑然一身,晨光熹微中,乘船漂在泰晤士河面上:

> 环顾四周——河面上荡着晨雾……太阳升起来,雾气渐渐消散;树木、房舍、绿色的田野、顺流而下的别的驳船、来来往往的船只、狗的吠叫、一处处烟囱中飘出的炊烟,一一打动我,让我意识到,我活在一个喧嚣的世界上,有自己的事情要做。

那么，要想证明，船长尽管强健威猛，对语言却敏感，灵机一动，笔下时常精彩纷呈，像爆出缤纷的烟花，我们不妨看下面一段对鼻子的描写：

> 这鼻子不是鹰钩鼻，也不是鹰钩鼻倒转了向外钩出。不是那种短平尖翘、臃肿、重拙、长满酒糟或疙疙棱棱的鼻子。就其整体比例而言，它是一只智慧的鼻子，瘦削、坚挺、白皙、声音响亮。抽抽鼻子，能闹出很大动静，打个喷嚏，也让人莫测高深。一眼望去，就能给人留下深刻印象；课堂上它发出的声响往往很吓人。

雅各布从高烧中苏醒，眼前耸着的，就是这样一只鼻子，他听到牧师口中吐出一些奇怪的字眼儿，"大地，让光明照耀水手——他是给抛到岸上等死的落拓枣，睡莲。"他的笔下，通篇都是这种简洁、轻快的白话文，这是某一派作家的本色话语，他们惯于轻松地驾驭世间众生，将他们从一个事件推向另一个事件。而且，他可以营造一个世界；他有本事带我们到船队中，人、大海、天空，所有的一切都那么生动、真实，当彼得引述家书、另一幅情景显现时，我们就突然意识到了这一点；坚实的土地，英国，简·奥斯丁的英国，那里有牧师公寓，乡间大宅，幽居家中的年轻女子，漂泊海上的小伙子；一时间，两个截然不同却又紧密相连的世界，衔接在一起。但船长最大的天赋还是他刻画人物的能力。他的书中，充满了生动的面孔。有满嘴谎话的基尼船长；整天懒在床上的霍顿船长；查克斯先生和讨了十一双棉线袜的特罗特太太——他们本来都有原型，给船长恣意描摹出来，真也活灵活现。据说，船长的笔，常常用来在拍纸簿上画些速写。

船长禀赋过人，却又是什么妨碍了他去施展？我们为什么会走神儿，目光所及，只有些白纸上印出的黑字？当然，一个原因是，在这个水平状态的世界上，没有高低起伏。尽管这个世界充满暴力和躁动，看马里亚特船长航海日志中记载的鏖战和逃亡就可以知道，然而，那场面毕竟给人单调的感觉；同样的情绪反复出现，我们从来不会觉得逼近了什么；结尾永远不是一种完整的终结。同样，他的人物虽然性格鲜明，却没有哪个人显得丰满和充实，因为人物的构成，总少了一些东西。不妨随意拣出一句话，看看为什么会如此。比如，"这以后，我们谈了两个时辰；但恋人之间，常常说些蠢话，只对他们自己有意思，看官不读也罢。"人的强烈情感，只字不提。爱情给消解了，随着爱情的消解，其他一些弥足珍贵的情感也失去了踪影。幽默应当蕴含一缕激情，死亡也应当有些什么让我们叹息。但在这里，我们只看到明快的强悍。虽然他怪异地喜好描写肉体如何地令人厌憎——给鱼虾啃咬的小孩子的面孔，渍了杜松子酒的女人的身体——但他的性观念却说不上纯正，不过是假正经而已，他的道德观有一种肤浅的圆滑，像是教师在训诫学童。总之，一阵神魂颠倒之后，我们眼中，马里亚特船长的魅力就渐渐消退了，透过种种虚构，我们看到的却是事实——虽然事实本身是有趣的；它们讲了小帆船和舰载小艇，乃至"水手如何整理铁栓扣上的索环"，准备投入激战；但这类趣味乃是别一种趣味，与想象力全然无关，就像卧室中的衣橱，本来与梦醒者的梦境扯不到一起。

我们沉浸在一本浅陋的书中，一旦醒转来，往往觉得茫然，但这里，我们清醒时，却见识了一个人物——一位退休的海军军官，头脑活跃，口舌尖刻，一八三五年，他陪同妻子和家人搭车横贯欧洲大陆时，情不自禁在日记中写下了他的感想。虽然他厌烦了讲故事和他的文字生涯——"要不是我实在缺钱花，"他告诉母亲,"我才不会再写下去。"——但他确实不吐不快;他的思想是大胆的,惯于标新立异。抓壮丁,他认为是件可憎的事。他问道,英国的慈善家为什么要操心非洲的奴隶,而英国儿童到在工厂里每日工作十七个小时? 在他看来,《渔猎法》造成了穷人的种种困苦,关于长子继承权的法律应当改变,而罗马天主教,也有其可取之处。他对各类主题——政治、科学、宗教、历史——无不加以评说,但也都是皮相之谈。如此这般,究竟该怪罪日记这种形式或驿站马车的颠簸,还是该怪罪他读书太少或少年时忙着炸桥,疏于培养思考能力,总之,船长的头脑,在他停下来歇息,思索了两个小时后,如他所说:"就像一具万花筒。"但且慢,他又自我分析道,它并非万花筒;"万花筒的图案是规整的,而无论如何,我的头脑中,很少有规整的东西。"他随心所欲,见异思迁。一会儿,他疾书列日史①;过一会儿,又大谈理性与直觉;随后,他思索用钓钩钓鱼,会给鱼带来怎样的痛苦;再以后,他去街上散步,忽然想到,如今,你很难碰上以"X"开头的姓名。"停下来吧!"他理智地呼唤;"不,车轮能停下来,甚至肉体也有静止的时候,但思想却不能。"因此,出于内心无法克制的躁动,他动身前往美洲。

这以后,我们就没了他的音讯——他对美洲的观感,记了皇皇六大卷,引起他与当地人的龃龉,却没有说清什么事情——直到他女儿,合上她的《大词典》和《政府公报》,唤起了一些"朦胧的记忆"。都是些小事,她承认道,而且,拉拉杂杂的没有次序,但他留给她的记忆,仍然很生动。她记得,他身高五英尺十英寸,重十四英石;下巴上,有个深深的酒窝,一边的眉毛高于另一

---

① 列日,比利时东部省名。

边，因此总是一副探询的神情。确实，他一会儿都不能安定下来。他会半夜里闯进弟弟的房间，叫醒他，建议他们应当立即前往奥地利，在匈牙利买座城堡，成就一番事业。可天啊！她回忆道，他就从来没能做成什么事。由于在朗格汉姆的庄园，在丰茂草场上掘出的诱捕野禽的巨大水塘，以及女儿很难说清楚的其他种种心血来潮，他身后遗留的钱财不多。他不得不勤奋写作。写书时，他坐在餐室的一张桌子前，从这里，可以望见外面的草场和他心爱的公牛本·布雷斯啃食牧草。他的字迹细小，誊写员不得不在手稿上别上大头针标示字句。他的衣着整饬，早饭时，只使用白色的瓷器，收藏了十六座时钟，喜欢听它们同时敲响。他的儿女叫他"宝贝儿"，虽然他脾气暴烈，独断专行，在家中往往"很阴沉"。

"把这些琐碎的事情形诸笔墨真是很没有意思。"她说道。然而，汗漫写来，这些文字却也浮光掠影般地再现了那个夏日清晨的情景，船长一生走到尽头，躺在女儿房间的床垫上，向女儿口述下关于爱和玫瑰的遗言。"花束扎得越是俏皮，他就越喜欢。"女儿说。确实，船长死后，"人们在他的遗体与床垫间发现了压得扁平的"一束石竹和玫瑰。

关于评论

一

在伦敦,有一些商店的橱窗,向来引人流连。吸引众人的,倒不是那些精美的百货,而是缀了补丁的旧衣。人们是在围观做工的女子。她们坐在橱窗前,用肉眼看不清的细线,织补虫蛀的衣裤。这一熟悉的景观,或许可以用来引出下文。我们的诗人、剧作家和小说家就像这样,坐在橱窗前,在大众好奇的目光下,做他们的事情。但评论家并不满足,他们不像街上的人群一样,一声不吭地盯了看;他们吵吵嚷嚷,评说衣服上的破洞有多大,做工者的手艺如何,橱窗里哪件商品值得大家掏钱买下。本文的目的就是为了引发讨论,看看评论家一职对作家、公众、评论家乃至文学有什么价值。但首先,我得声明一点保留——所谓"评论家",是指虚构性文学,也即诗歌、戏剧、小说的评论者,并不涉及历史、政治、经济学等等。后者自有别一种职能,出于这里略过的一些原因,他大体上尽职尽责地、甚至令人赞叹地履行了这一职能,如此一来,他的存在价值自不待言。那么,虚构性文学的评论家目前对作家、公众、评论家乃至文学有没有价值？如果有，则价值何在？如果没有，则他的作用如何改变，而且还要有利可图？说到这些错综复杂的问题，我们不妨先来扫视一眼评论的历史，或许这能帮助我们确定评论在当下的性质。

评论是伴随报纸而来，因此，它的历史不长。当年，没人评论过《哈姆雷特》，也没人评论过《失乐园》。尽管对它们有过批评，但批评是观众在剧场里、或文人之间在小酒店里或私下漫谈时口头进行的。印成文字的批评大概起源于十七世纪，形式还很粗陋，原始。十八世纪自然就充斥着评论家和他的罹难者的叫声和嘘声。但到了十八世纪末，情况发生了变化——文学批评分为两个部分。批评家与评论家分割疆域，各领风骚。批评家——以约翰逊博士为代表——沉浸在过去的时光和文学原理中；评论家则忙着谈论它们对新书的感受。十九世纪到来后，这些区分日益明显。批评家——柯勒律治、马修·阿诺德，既有时间，也有地方供他们高谈阔论；而那些"不负责任"且大都匿名的评论家，时间不多，地方有限，他们的工作头绪纷繁，包括向公众提供消息，撰写书评，乃至为新书问世做广告。

这样，虽然十九世纪的评论家与现时大体相似，但也有某些明显的区别。《泰晤士报业史》的作者谈了一个区别："那时评论的书较少，但书评要长些。甚至小说也能占两栏的版面或更多……"——他指的是十九世纪中期。我们随后就会看到，这些区分非常重要。但现在不妨停留片刻，看看评论在当时刚刚显示的其他结果，虽然对此很难一言以蔽之；也就是说，看看评论对作者作品的销售量和他的情绪产生了什么影响。毫无疑问，评论会对销售产生巨大影响。例如，萨克雷说，《泰晤士报》对《埃斯蒙德》的评论"令书的销售完全停顿下来"。评论对作家的情绪也有巨大影响，只是这种影响很难说清。它对济慈的恶劣影响众所周知;对敏感的丁尼生也是如此。他不仅依照评论家的吩咐修改了诗句,实际上还考虑过避居他乡;而且,据某位传记作家的说法,评论家的敌意让他陷入绝望,有整整十年的时间,他的心理状态连带他的诗歌因此都发生了变化。不仅如此,那些强健和自信者也不能幸免。"麦克里迪①是何等人物,"狄更斯问道,"怎么也给这些文坛上的虱虫弄得心烦意乱,坐立不安?"——他说的"虱虫"是指报纸周末版的专栏作家——"披了人皮,却长了魔鬼心肠的家伙?"他们就算是些虱虫也罢,"一旦放出纤小的箭镞",即使是狄更斯,以他的天才和勃勃生气,也不得不分心应对,发誓耐住性子,"冷淡他们,听之任之,靠不计较来取胜。"

大诗人和大作家以他们各自的方式,承认了十九世纪评论家的影响力;可以肯定,在他们身后,还有众多不入流的诗人和小说家,或多愁善感,或强悍健硕,无不受到类似的影响。这过程很复杂,难以分析清楚。丁尼生和狄更斯都很愤怒,受到了伤害;他们也为自己的情绪感到羞愧。评论家像只虱虫,给他咬上一口,本来不屑一顾;但这一口也很痛。它挫伤人的虚荣;损害人的名誉;还殃及书的销售。无疑,在十九世纪,评论家是一种令人畏惧的虫豸;他能在很大程度上,左右作家的情绪和公众的趣味。他有本事伤害作家,说服公众购买或放弃购买。

二

人物已经登场,他们的作用和影响力也大略勾勒出来,下面

---

① 威廉·查尔斯·麦克里迪(1793—1873),英国演员、剧院经理、日记作家,以演莎剧出名。狄更斯曾协助其寻找剧本,并在剧场经营方面给予支持。

要问的就是，当时的情况，是否延续到现在。初看之下，似乎变化很小。所有的人物，都与我们同在——批评家、评论家、作家、公众，而且大体保持了同样的关系。批评家从评论家圈子分离出来，评论家的作用，部分是评说当下的文学，部分是宣传作家，部分是为公众提供消息。然而，变化是存在的；这一变化至关重要。十九世纪末期，变化的影响似乎已经显示出来。上文引用过的《泰晤士报》历史的撰述者对此总结道："……评论的趋势是文章日益短小，发稿时耽搁的时间也不那么长了。"但还有另一种趋势，评论不仅文字更短，见报更快，数量也大大增加了。这三种趋势的后果，有其极大的重要性。说来其实是灾难性的；它们互为因果，导致了评论的式微和衰落。由于评论文章更快，更短，数量更多，评论的价值对当事各方的价值都缩小了，直到——要说直到它完全消失，是否有些过分？且让我们来考虑一下。当事者包括作家、读者和出版商。按照这个顺序，我们首先看看这些趋势对作家的影响——评论为什么对他不再具有任何价值？简单说来，让我们假定，一篇评论对作家之所以有价值，主要在于它对其作为写作者产生的影响——它给出了对作品的专家意见，作家据此可以大致判断，作为一名艺术家，他在何种程度上失败或成功。但由于文章太多，这一价值被打消了。十九世纪时，他可能面对六篇文章，现在却要面对六十篇，如此一来，他发现对他的作品，已经没有"意见"可言。好评抵消了恶评，恶评又抵消了好评。有多少评论家，对他的作品就有多少种评论。很快，不论是褒是贬，他都一概怀疑起来；它们同样都没有价值。如果还拿这些评论当回事儿，也只是看在它们可能导致声誉的高低，或销售的多寡。

同样的原因也削弱了评论对读者的价值。读者要求评论家告诉他们，某种诗歌或小说是好是歹，以便他们决定是否购买。有六十位评论家同时向他保证，这是一部巨著——而且糟糕透顶。人言人殊，相互抵牾，说了等于没说。读者停止了判断，等待有机会找来书自己去读；但很有可能忘得干干净净，把那七先令六便士从此揣在兜儿里。

五花八门的评论意见还以同样的方式影响出版商。他们意识到公众再不相信好评或恶评，干脆不管是好是歹，一律印将出来，举个实际的例子："这是一部…… 可以世代流传的诗歌……。""书中的一些段落，让我生理上感到恶心，"①不仅如此，出版商本人还要饶舌："何妨自己去读上一读？"这问题本身就足以表明今日的评论已经百无一用。如果到头来，读者还要自己作决定，大家何苦去写评论，读评论，引述评论？

三

假使评论家对作家和公众不再有任何价值，似乎公众就有义务摆脱他。而实际上，近来，某些主要登载评论文章的杂志的停刊，看来就表明，无论原因何在，评论家确实时乖命蹇。但我们有必要看一看他的现状——大的政论日报和周刊上，一阵阵儿的，仍然登些不起眼的评论文章——以便了解一下他还想做些什么，为什么他又很难做到，以及是否还有些东西值得保存，此后，再听凭他给人扫荡出局。我们且让评论家自己说说，摆在他面前的这个问题，属于什么性质。做这件事，没人比哈罗德·

---

① 《新政治家》，1939 年 4 月。——作者注

尼科尔森更有资格了。某日①，他谈起在他看来评论家的责任和困境。他先说，评论家"与批评家颇有些不同，"他"受制于其工作性质，每星期必须发一篇稿，"——换句话说，他不得不写得太勤，太多。他接着又界定了工作的性质。"他该不该把读过的每本书都与永恒的美文标准相联系？倘若这样做，他的评论就成了绵绵不绝的哀号。或是他只须考虑图书馆的大众，告诉人们哪些书读来有趣？倘若这样做，他又会将自己的鉴赏力降低到很没意思的水平。他该怎样做呢？"既然他不能求助于永恒的文学标准，又不能告诉公众他们会喜欢读哪些东西——那将是"心智的堕落"——他就只剩一件事好做了：他可以闪烁其词。"我在两个极端之间保持中立。我写书评，针对的是作者；我想告诉他们，我要么喜欢、要么嫌弃他们的作品，原因何在。我相信，从这种对话中，普通读者自会有所领悟。"

这是种诚实的说法，言者谆谆，足以发人深思。它表明评论已成为纯粹的个人见解，评论家匆忙之中，顾不上考虑"永恒标准"；他有文债要还；他需要在很小的篇幅内，迎合各种不同的兴趣；他知道事情做得不好，心绪烦乱；他也说不准自己究竟该做什么；最后，他不得不闪烁其词。然而，大众虽然粗俗，却没有愚到会拿出七先令六便士，成全评论家在这种状况下作出的推荐；大众虽然迟钝，也没有呆到相信在这些环境下，有人独具慧眼，每星期准能发现大诗人、大作家和划时代的作品。但环境就是如此，完全有理由认为，今后几年，环境还会更严酷。评论家已经是一缕襻条，挂在政治风筝的末梢，随风飘摇。很快，形势所迫，他将根本不复存在。他的使命将交付给一位干练的职

---

① 《每日邮报》，1939 年 3 月。——作者注

员——在许多报纸上,事情已然如此——此人手拿剪刀和糨糊,(或许)称为"补白家"。补白家用三言两语,对书籍作出交待,然后,陈述一番故事梗概(如果是小说),截取几段诗句(如果是诗歌),摘引若干轶闻(如果是传记)。做罢评论家所剩无几的这点事情——或许他的称呼已经改为品尝家——还不妨加盖印戳为记,星号表示认可,剑号表示剔除。这类交待——这类补白家和印戳的产物——将取代目前嘈杂纷乱的七嘴八舌。没有理由认为,对当事方中的两类人来说,这会比目前的办法更糟。跑图书馆的大众将得知他希望知道的——一本书是否属于应当从图书馆订阅的那类书;出版商也免去了麻烦,只须收集种种星号和剑号,不必费力复录那些他和大众都不再相信的林林总总的好评和恶评。大家或许都会省一点时间,省一点钱。不过,还有另外两个当事方需要考虑——作家和评论家。补白和印戳制度对他们意味着什么?

先来说说作家——他的情况更复杂,因为他是更为发达的有机体。他与评论家照面,已有两个世纪左右,在此期间,他无疑生发出所谓的评论意识。他的头脑中,有个称为"评论家"的影像。对狄更斯来说,他是只虱虫,用纤小的箭镞武装起,披了人皮,却长了魔鬼心肠。在丁尼生那里,他就更为可怕。确实,当今世界,这类虱虫数不胜数,咬个没完,作家多少已经产生了免疫力——现在,没有哪个作家像狄更斯一样痛詈评论家,或像丁尼生一样屈从他们。但即使是现在,时不时地,报刊上爆出的东西还会让我们相信,评论家的利齿仍然是有毒的。不过,是哪一部分会给他咬得不堪?——他究竟能造成怎样的情绪?这是一个复杂的问题;或许,我们对作家进行一次小小的测试,就能发现一些事情,对此提供答案。找一位敏感的作家,给他看些恶意的评论。痛苦和愤怒的迹象很快就出现了。随后告诉他，除他之外，没人会阅读这些流言诽语。那么，五到十分钟左右，他的痛苦就完全消失，而攻讦如果发生在大庭广众之下，痛苦本来会持续一个星期，积累起深深的怨怼。作家的情绪稳定了，恢复冷静。这表明，敏感的部分在于声誉；受害者惧怕的是，攻讦会影响其他人对他的看法。他还担心攻讦会影响他的钱袋。但在大多数情况下，对钱袋的敏感不像对声誉的敏感那样高度发达。至于艺术家的敏感——他对自己作品的看法——则不论评论家说好说歹，对此都不会有所触动。无论如何，声誉敏感仍然根深蒂固，需要花费一些时间，说服作家同意，补白和印戳制度同目前的评论制度一样受用。作家会说，此事关乎"声誉"，所谓声誉，就是别人对他们的看法形成的舆论，像只气球，气球会因为报上的说法膨胀或瘪缩。然而，在目前的条件下，不用多久，即使是作家，也将相信，没人会因为报刊上的或褒或贬，就对他多些景仰或嫌弃。很快他就将意识到，补白和印戳制度一如目前的评论制度，有效地满足了他的利益——他追名逐利的欲望。

但即使到了这一阶段，作家可能仍然有些理由口出怨言。除了抬高声誉、刺激销售外，评论家确实也做些其他事情。尼科尔森先生对此有所说明："我想告诉他们，我要么喜欢、要么嫌弃他们的作品，原因何在。"作家想要知道，尼科尔森先生为什么喜欢或嫌弃他们的作品。这是一种真正的欲望。它可以经受住上面那种小小的测试。关上门窗，拉紧窗帘。保证既不带来名声，也不带来金钱，但作家仍有极大的兴趣，想知道一个诚实和聪明的读者对他的作品有何想法。

四

现在,让我们再次回到评论家这里。毫无疑问,此时此刻,无论从尼科尔森先生的坦率告白,还是从评论本身的内在状态来看,评论家的地位都是令人极不满意的。他不得不写得很仓促,很短。他评论的大多数书籍,并不值得花费笔墨——将它们与"永恒标准"拉扯在一起是徒劳的。他还知道,正如马修·阿诺德讲过,即使环境适宜,由当代人来评价当代人的作品也是不可能的。按照马修·阿诺德的说法,需要经历一段岁月,一段长长的岁月,才能传达出某种"不仅是个人的、而且是有激情的个人的"见解。而评论家只有一个星期。作家也没有死,他们还活着。当代人之间,或是朋友,或是敌人;他们有妻子和家庭,有个性和政治倾向。评论家知道,他受到束缚,不专心,又有偏见。然而,尽管知道这一切,同时代见解呈现的无穷矛盾也证实了这一点,然而,他还是要往头脑里填塞源源不绝的新书,而他的头脑,像是邮局柜台上用旧了的吸墨纸,已经不能留下任何新鲜印痕,也不能表达任何冷静的观点。但他必须评论,因为他必须生活,而大多数评论家都出身于有教养的阶层,他必须按照这个阶层的标准生活。因此,他不得不经常写,不得不写得很多。看来,对这种糟心的事情,只有一个舒缓办法,就是自得其乐地告诉作家他为什么喜欢或嫌弃他们的作品。

五

评论对评论家本人有价值的一个因素(挣钱不算),对作家也有价值。那么,问题就在于,如何保存这一价值——尼科尔森先生所谓的对话价值——让双方走到一起,协同起来,造福双方的头脑和钱袋。这不应当是一个很难解决的问题。医学专业就给出了解决的办法。不妨略加变通,借鉴医学界的惯例——医生与评论家、患者与作家之间有许多相似之处。评论家姑且废止这一行当,或涤荡他们身上评论家的遗风,以医师的面目出现。可以选取另一种称呼——咨询师、讲解者或阐述者;可以出示某种凭证,个人著述而不是通过了哪些考试;对具备资格、核准行业者,应开列名单,公之于众。于是,作家可以将作品提交给自己选择的人来评判;双方预约时间,安排面谈。医生和作家在极其私密的情况下,并借助某些形式——比如,酬金就能保证面谈不致成为茶桌上的闲聊——坐到一起;他们用一个小时,就有关作品交换意见;他们将在私下里认真交谈。这种私密性,首先对双方就有极大的好处。咨询师将畅所欲言,不必担心这会影响销售,伤害情绪。私密性也减弱了评论家在商店橱窗前的展示欲,少了哗众取宠、挟嫌报复的事情。咨询师用不着向图书馆大众发消息或牵挂他们,也无须影响或取悦读者。因此,他可以集中精力,考虑作品本身,告诉作家他之所以喜欢或嫌弃作品,原因何在。作家同样也将受益。与他自己选择的批评者私下交谈一小时,要大大胜过目前派定给他的东拉西扯的五百言的批评文字。他可以自述症状。他可以说明自己的麻烦。他不会像现在这样,时时感到评论家讲的,与他笔下写的事情风马牛不相及。此外,他将因此与一颗储藏丰富的头脑相交接,这颗头脑里装了其他的书甚至其他类的文学,自然也装了其他的批评标准;他将面对有血有肉的个人,而不是一个戴面具者。文坛鬼魅从此失去头上的魔角。虮虫将变成人。作家的"声誉"将逐渐淡化。他将摆脱这一讨嫌的赘物乃至其恼人的后果——这些，不过是私密性带来的无可争辩的明显好处的几个例子。

接下来是钱的问题——讲解者的职业是否像评论家的职业一样有利可图？有多少作家想听取专家对他们作品的看法？日复一日，在出版商的办公室里和作家的邮袋里，响彻了对这些问题的答复。"给我建议，"他们一再说，"给我批评。"众多作家真心寻求建议和批评，不是意在招徕，而是有此迫切需要，就充分证明了这方面的需求。但他们是否会支付三几尼的诊金呢？他们一旦发现，而他们必然会发现，一小时的面谈，哪怕价值三几尼，较之他们目前从不胜其烦的出版商的读者那里强求的草率信件，或他们只能指望用心不专的评论家写出的五百言的急就章，毕竟胜出太多，那么，即使是困穷者，也会认为这是一笔不错的投资。登门咨询的，不仅仅只有青年人和需要者。写作是门艰难的艺术；每一阶段，客观和冷静的批评家都有其极大的价值。谁又能不备好茶点，只为留住济慈，或简·奥斯丁，同他们谈论一小时诗歌或小说艺术？

六

最后，只剩下所有问题中最重要、又最难解答的一个问题——取消评论家将对文学产生什么影响？我们已经表明了一些理由，显示捣毁商店橱窗，将有助于那位超然出尘的文学女神长葆青春。作家将退回到工作间的深处；他不必再像牛津街的织补工那样小心翼翼地劳作，听凭一伙评论家把鼻子贴在橱窗上，面对大群围观者，对他的每一针每一线说三道四。如此一来，他的自我意识减弱了，名声也成了身外之物。他不会再给人这样吹吹，那样捧捧，时而得意洋洋，时而心灰意懒，身为作家，只须专心写作就行。兴许这就能推出更好的作品。同样,评论家为了挣钱,现在必须在橱窗前上蹿下跳,取悦公众,吹嘘自己的才能,他们转而也只须关注作品和作家的需要。兴许这就能推出更好的批评文字。

但或许还有其他更为实际的好处。补白和印戳制度扫除了目前被误为文学批评的那些东西——专门谈论"我为什么喜欢或嫌弃这本书"的零碎文字——势必节省下版面。很可能,一两个月中,就会省下四五千字的版面。掌握了这些版面的编辑,不仅能够表达对文学的敬意,或许还能切实促进文学的发展。甚至在政论性日报或周刊上,他都可以利用这些版面,绕开明星人物和花边新闻,探讨原创的和非商业性的文学——探讨随笔,探讨文学批评。我们中间,说不定就有一位蒙田——这位蒙田目前委琐细碎,徒劳地每星期写上一千字或是五百字。给他时间或版面,他没准能焕发活力,连带振兴一种绝好的、现在却迹近灭亡的艺术形式。或者,我们中间,说不定还有一位批评家——一位柯勒律治,一位马修·阿诺德。正像尼科尔森先生所表明的,他正枉抛心力,埋首一堆杂七杂八的诗歌、戏剧、小说中,所有这些,都必须在下星期三的报纸的一栏中加以评论。给他四千字的版面,哪怕每年两次,就会诞生一位批评家,伴随确立那些标准,那些"永恒的标准",但如果对这些标准从来不闻不问,它们必然死灭,那里还能永恒。我们不是都知道 A 先生比 B 先生写得好些或是差些吗? 莫非这就是我们想知道的一切? 这就是我们应当探询的一切吗?

那么,总结一下,或者让我在这些东拉西扯的谈话结束时,堆起一个小小的石锥,辨认来路,也不怕有谁来推翻。评论,据认为,加强了自我意识,却打消了力量。橱窗和镜子起了阻碍和限制的作用。但如果代之以谈论——无所顾忌的、冷静的谈论，作家就会取得广度、深度和力量。这一变化最终也会对公众的思想产生影响。他们最喜欢的取笑对象——作家，那个孔雀和人猿的杂交物，将不再成为笑料，取代他们的将是一个默默无闻的工匠，隐在工作间的暗影里做自己的事情，亦有其值得敬重之处。新的关系或将出现，不像以往的关系那么琐碎，那么个人化。伴随而来，人们或将对文学重新生出兴趣和尊重。抛开金钱上的好处，这将带来怎样的一束光明，挑剔的、充满渴求的大众将会给工作间的黝暗处带来怎样的一束灿烂阳光！

说　　明

伦纳德·吴尔夫①

　　这篇随笔提出了对文学、新闻业和读者群都很重要的一些问题。对它的许多论点，我都同意，但也有一些结论，依我看来未必可靠，因为作者忽略了某些事实的含义，低估了它们的重要性。本文的目的就是提醒人们注意这些事实，解释它们可能对结论作出怎样的修正。

　　十八世纪，在读者群和文学作为一门职业形成的经济组织中发生了一场革命。戈尔德斯密思②经历了革命的全过程，他清晰描述了事情的经过，精辟分析了它的后果。读者群急剧扩

---

① 伦纳德·吴尔夫（1880—1969），弗吉尼亚·吴尔夫的丈夫，作家、出版家，著有长篇小说《丛林中的村庄》。

② 奥利弗·戈尔德斯密思（1730—1774），英国诗人、剧作家、小说家，著有小说《威克菲尔德的牧师》、长诗《荒村》、喜剧《委屈求全》等。

大了。在此之前,作家写作,出版商出版,始终是面向一小批有教养的文学公众。作家和出版商在经济上依赖一个或多个恩主,书籍是一种奢侈品,为小范围的奢侈品消费阶层而生产。读者群的扩大摧毁了这一制度,换上了另一种制度。出版商开始在经济上有可能为"大众"出版图书,有足够的销量支付他的成本,包括作家的生活费,并为自己创造利润。恩主制度废除了,恩主不复存在。这就为成千上万人而不是几十人阅读的廉价图书铺平了道路。作家要想靠写作为生,现在开始为"大众"而不是恩主写书。制度的这一变化,整体上说来,对文学和作家是好是坏,或许有待争论;然而,值得注意的是,戈尔德斯密思衷心拥护新制度,而他曾经历了两种制度,一般认为,他的笔下,至少有一部作品,堪称"文学杰作"。新制度必然造就评论家,正如它造就了现代新闻业一样,评论家不过是其中很小的一个特殊部分。随着读者的增加乃至其后图书、作家和出版商数量的增加,出现了两件事:写作和出版成了竞争激烈的行业或职业,同时,需要有人向巨大的读者群提供消息,说明已出版图书的内容和质量,这样,个人才能有所凭借,从坊间纷然杂陈的图书中挑选出他要阅读的图书。

现代新闻业看准机会来满足对书讯的需求,推出了评论和评论家。随着读者群规模、构成和层次的变化,图书的数量、种类和质量也起了变化。无疑,这也导致了评论家数目、种类和层次的变化。但评论家的职能基本上保持不变:向读者描述图书并估计其质量,帮助他了解某种书是否符合他的阅读口味。

因此,图书评论与文学批评颇有不同。评论家不像批评家,一千个评论家中,有九百九十九人对作家无话可说;他是面向读者的。偶然,他会发现,他评论的是一部真正的杰作,如果他诚实,有眼光,他就必须提醒读者注意这个事实,且不妨暂时俯就或高攀,进入文学批评领域。但因此认为,评论艺术是件容易的、机械的事情,就完全想错了。我作为新闻从业者,多年来为一份大报征集图书评论,联络评论家,我是根据自己的经验说这番话的。图书评论是一门需要极大才能的职业。确实存在一些素质低下、不够诚实的评论家,正如存在素质低下、不够诚实的政治家、木匠和作家一样;但在图书评论一行,对素质和诚实的要求之高,一如我所了解的任何其他行当或职业。对一部小说或诗集作出清晰、透彻和切实的分析,决非一件轻而易举的事情。偶尔,一部作品可能确有些理由堪称文学杰作,对此,两位评论家有时会持截然不同的看法,但这种情况无关紧要,也不能改变如下事实,即绝大多数评论对所关注的图书作了准确而且往往饶有趣味的描述。

文学杂志的式微,在于它们进退失据,以致两头落空。现代读者群对文学批评不感兴趣,你不能向他们兜售这些。月刊或季刊指望刊登文学批评而且赚钱,注定会大失所望。因此,许多刊物试图靠图书评论贴补文学批评,就像为面包涂上一层黄油。但关心图书评论的公众,如今可以从日报的周刊中读到同样的好东西,自然不会每月或每季度为此付出二先令六便士、三先令六便士或五先令。

对评论家、读者群和批评家,要说的就是这些了。关于作家,还要再讲几句。作家倘若希望写出文学杰作,又要藉此来谋生,处境就很艰难。作为艺术家,批评家和文学批评于他价值或关系极大。但他没有权利抱怨评论家不曾对他履行批评家的职能。如果他要的是文学批评,他应当采纳这篇随笔中的聪敏建议。但这并不表示评论家对他无关紧要，可有可无。他如果想向广大读者和流动图书馆销售他的作品，就仍然需要评论家——很有可能，在作品不获好评时，他还会像丁尼生和狄更斯一样，对评论家恶语相讥，其中的缘故，就在于此。

关于阅读

　　他们为什么选中这块地方建造宅子？或许，是为了那片风景。我想，他们观看风景，自与我们不同，对他们来说，风景之为物，乃是对抱负的激励，对权力的认可。因为他们最终成了这片荫绿的谷地的领主，至少，他们拥有道路右侧大沼的全部。无论如何，宅子是在这里造起了，树木和羊齿草停止了推进；这里，一间屋子叠在另一间屋子之上，房基深入地下几英尺，还掘出了阴凉的地窖。

　　宅子里有书房，长而低矮，书房里，排列着一行行皮面光洁的小书、各种对开本和大部头的布道文集。匣子上雕了鸟儿，啄食一蓬蓬木刻的水果。一位褐色皮肤的神甫照看这一切，为图书掸尘，连带雕刻花鸟。这里藏书丰富；荷马和欧里庇德斯、乔叟，然后是莎士比亚、伊丽莎白时代的作家，接着是王政复辟时代的戏剧，这些都给人翻动得更勤，兴许是夜半时分的披览，将书摩挲得滑溜溜的，于是，就来到我们的时代，或是此前不远的时代，科珀、彭斯、司各特、华兹华斯和其他人。我喜欢这间书房。我喜欢从窗子望出去的乡间景色，透过大沼上树丛的罅隙，天边现出一抹蓝色，那就是北海了。我喜欢在这里捧本书来读。将淡色的扶手椅拉到窗前，阳光从肩头洒向书页。时不时地，草坪上刈草的园丁的影子遮过来，他牵着钉了胶皮掌的矮种马忽远忽近，刈草机紧靠刚刚刈好的新绿，掉过头来又犁出一条宽宽的绿带，机器发出轻微的震颤声，好像夏日的声响本该如此。我常常想，这一条条绿带就像行船时划出的尾流，尤其是在它们围绕花床的岛屿折转时；倒挂金钟则像海上的灯塔；天竺葵可以异想天开地认作直布罗陀；还有常胜的英国士兵，身着红色军衣，站在岩石上。

此时，高挑的夫人们往往走出门，来到草场上，与等在那里的男士会合，他们手持球拍和白色网球，透过遮挡了网球场的灌木，刚刚能看清那球在网上弹跳，打球者的身影在网前奔来跑去，但他们不会打扰我读书的兴致。四周，蝴蝶在花间飞舞，蜜蜂在同一簇花瓣上辛勤劳作，歌鸫飞离悬铃木低矮的枝杈，轻捷地落到草皮上，向蛞蝓和牛蝇跃上几步，又蓦地飞回树杈，它们同样不会打扰我的兴致。那些日子里，这些事情都不能让我分神；窗子敞开着，书捧在手中，在鼠刺篱障和远处的海蓝的背景映衬下，好像已不再是一本书，我读的东西，仿佛就摊开在这片景色中，还没有印刷、装订、锁线，倒经过了树木、田畴和骄阳当空的夏日的装帧，犹如爽朗清晨的微风，浮泛在万物的周遭。

凡此种种，或许，都将人的思绪拉回到过去。在声与影与喷泉的后面，似乎展开了一条无垠的大道，接引其他的声音、影像和喷泉，渐行渐远，没入天尽头。低下头来看书，我会看到济慈和他身后的蒲伯，然后是德莱顿①和托马斯·布朗爵士②——

---

① 约翰·德莱顿（1631—1700），英国诗人、剧作家和文学评论家，写有三十余部悲剧、喜剧和歌剧，代表作有英雄诗剧《奥伦-蔡比》等。
② 托马斯·布朗（1605—1682），英国医生、作家，著有《一个医生的宗教信仰》，谈论上帝、自然和人的奥秘。

众多人物融入莎士比亚的巨大身影里,在他后面,如果凝视的时间够长,依稀还有人形现出,朝圣者打扮,兴许是乔叟,还有——是谁呢?一些伧俗的诗人,甚至发音也不清楚,因此,他们都销声匿迹了。

但是,像我说过的,即使牵了矮种马的园丁,也是书的一部分,把目光从书页上移开,停留在他的脸上,仿佛穿越了漫长的岁月。他的面颊因此略显黝黑,棕色粗布外衣,遮掩不住他的身形,你可以把他看做任何时代的一个劳作者,因为打从撒克逊时代①以来,乡民野老的服装一向很少变化,半闭上眼睛,就可以想见诺曼人②征服前旷野里的人群。此人自然而然地厕身于那些死去的诗人行列。他耕地,他播种,他饮酒作乐,有时,他也上战场;歌也歌过,爱也爱过,死就死了,只见教堂墓地里拱起一处青草萋萋的坟茔,但他身后,留下些儿女,接续他的姓氏,在炎热的夏日上午,牵了矮种马走在草坪上。

也是穿越过这些岁月,可以看到骑士和贵妇的更为显赫的身影,同样清晰分明。你能看到他们;那是真确的。贵妇杏色的长裙,骑士镶了金边的绯红袍子,在黝暗的湖面上映出五颜六色的影子,随波荡漾。教堂里,你也可以看到他们躺在那里,像是心满意足地长眠于此,他们两手交叠,双目紧闭,宠爱的猎犬伏在脚下,先祖所有的蓝色或红色盾徽,已是斑驳陆离,护持在他们四周。他们装扮整饬,料理停当,似乎充满信心地等待什么,期盼什么。末日审判来临了。他睁开眼,拉起她的手,引她前行,穿过一扇扇敞开的门和一排排手持号角的天使,面前是从未

---

① 公元 5 世纪,日耳曼民族的一支、即撒克逊人曾征服英国部分地区。
② 原为北欧维金人,后大量移民法国,称为诺曼人,于 1066 年入侵英格兰,将诺曼底和英格兰置于其统治之下。

见过的平崭崭的草地、白色大石筑成的堂堂皇皇的楼宇。整个过程中，没有人说一句话打破沉默。毕竟，问题只在于用眼去看。

讲话的艺术是后来才出现在英国的。范肖家族、利格家族、弗尼家族、帕斯顿家族和哈钦森家族，全都血统高贵，天赋过人，遗下那样一批珍贵的镶嵌画和老式家具，做工精巧，描摹细腻，留给后人的文字却零星不成片断，要么就粗率僵硬，仿佛墨水在追寻语句时慢慢干涸了。那么，他们是否一言不发地欣赏这些财富，或是他们料理日常事务时也那么庄严整肃，以便与那些重浊的多音节词和枝蔓丛生的复合句相照应。或者，他们像主日礼拜的孩子一样，必须收束自己，停止喋喋不休的饶舌，才能坐下来，写些东西，给人们传来传去，用作冬日炉火边的谈资，最后与其他重要文书一道，搁置到厨房壁炉上方的干燥房间里？

"我说过，十月里，"范肖夫人约在一六〇一年写道，"我的丈夫和我经朴茨茅斯入法国，行在朴茨茅斯海滩上……有两艘荷兰舰只向我们放枪，弹丸擦身而过，我们能听到它的嗖哨声。我呼唤丈夫赶快转身奔逃。但他不肯加快步伐，他说，如果注定要死，宁可死于行走，胜过死于奔逃。"此时，一点不错，是精神上的庄严左右了她。弹丸在沙滩上飕飕穿过，但理查德爵士仍然信步而行，还道出了他的一套死亡哲学——这死亡是切近的、实在的，是一个敌人，有血有肉，需要像绅士一样勇敢地拔剑应对——这令她（可怜的妇人）仰慕，虽然在朴茨茅斯海滩上，她想学也还学不完。尊严、忠诚、高贵，这是她看重的美德，为她的话语定下调子，克制了本色的随意和琐细，让人以为那些出身高贵、道德纯正的人就是这样端庄稳重，高不可攀。日常生活中，小小的弹丸嗖哨而来时，她——二十一年里生养了十八个儿女，又葬掉了大部分——下笔也要克制，只能款款踱步，不能拔腿奔跑。写作对他们，不像对我们一样，在他们那里，写作乃是一种制造；需要制造出一些耐久的东西，看在后人眼里，有一副勇者的面目。因为这些理想，要由后人来评判，范肖夫人，还有露西·哈钦森，她们写作时，想的是多少年后的公正无偏的大众，不是伦敦的约翰和远嫁苏塞克斯的伊丽莎白；没有寄给儿女和朋友的每日邮件，让他们在早餐桌上，不仅听到关于庄稼、仆人、访客和坏天气的消息，还能听到更为细腻的叙述，显示爱情和冷漠，显示情感的消退与始终不渝；那时，似乎还没有语言来承当这副需要小心呵护的精神负担。霍勒斯·沃尔波、简·卡莱尔、爱德华·菲兹杰拉尔德仍是隔在时代外围的幽灵。因此，我们的这些祖先，虽然看似庄重，温文，却是张不开口的；他们徘徊在凉台和花园中，凭借一小块沉默的绿洲，令闯入的现代人无从接近。这里，是利格家族，他们一代又一代，全都是红头发，全都住在近三百多年来惨淡经营的莱姆，男人个个教养良好，品格高尚，事业顺遂，按照现代标准，也都沉闷无趣。他们会记下一次猎狐，以及此后如何饮上"一大杯热乎乎的潘趣酒，将狐狸爪子煮在里边"，而"威尔姆爵士饮得过量，最后，以为自己会喝醉，'不过，'他说，'我才不在乎呢，我今天猎杀了一只狐。'"然而，狐狸猎杀了，潘趣酒饮足了，赛过马，斗过鸡，郑重地为大海对岸的国王祝过酒，或者更放纵一些，为"身体康健和勇敢的本土防卫义勇军官兵"举过杯，此后，他们就闭上嘴巴，合拢眼睛，对我们再也无话可说。我们没准认为他们沉默寡言或粗蛮愚钝，是些沉闷的汉子，只遗传下祖辈的红头发，没有多少头脑，但说到底，他们成就的事业，塑造的生活规范，却是我们难以度量的，实际上，也绝非可有可无。与莱姆具有同等重要性的家族还有上千个，它们像一处处护卫文明的小型要塞，分布在英格兰，在这里，你可以读书，演剧，制定法律，会见朋友，与异乡来客交谈，如果抹掉这些家族，如果从步步进逼的野蛮人那里赢得的这些空间没能维持下去，直到我们有了稳固的根基，沼泽停止扩展，那么，我们更为娇嫩的精神——我们的作家、思想家、音乐家、艺术家——没有一处屋檐遮风避雨，没有满地鲜花给他们晾晒翅膀，又该如何自处呢？我们的祖先冒着严寒，冒着暴风雨，穷年累月地征战攻伐，他们需要调动全部精力，保证家园稳固，仓廪充实，儿女受到教育，享有温饱，亲友受到照料，自然，他们在空余时间里就显得阴郁、沉默——就像耕夫经过长日的劳作，刮去靴子上的泥浆，舒展肩背上酸痛的肌肉，瘫倒在床上，哪里还会想到读书、写字或翻阅晚报。我们徒劳地寻求的那种充满亲昵和爱怜的曼妙语言，需要柔软的枕头、安乐椅、银制刀叉、私人房间；为此，必须掌握一套细碎的字眼儿，机敏活泛，让人运用自如，最平淡的场合，也能脱口而出，最细微处，也能见出精妙。没准，首先得有通畅的道路，舒适的马车，频繁的聚散，节假庆典，时而结盟，时而断交，才能冲破那些富丽堂皇的文藻的束缚；或许英国散文就断送在安乐椅上。古老的、地处偏僻的利格家族的一部编年史，清楚不过地说明了，随着空落落的房间一点点装潢起来，或是乘四轮马车前往伦敦，人们如何开始了一个年深日久的缓慢进程，自然而然地消除了利格家族的封闭状态，将当地方言融入普通的英国腔，逐渐训练了统一的发音方法。可以想象，人们的容貌不断变化，父亲对儿子、母亲对女儿都没了以往的繁文缛节，也失去了他们不容置疑的权威。但这一切，又洋溢着何等的庄严与美！

是夏日炎热的上午。阳光将榆树叶子的外缘晒成棕色，由于大风，已有几片叶子掉到草地上，完成了从叶芽生发到叶脉枯萎的整个生存过程，等着给人扫到一堆，点燃秋天的篝火。透过树木的绿拱，目光急切地寻找蓝色，我知道，这是大海的蓝色；知道它将设法鼓动心灵远航，知道它总能用它的流动和不羁环绕这个真实的地球、大海——大海——我必须丢开书本，丢开虔敬的哈钦森夫人，任她与纽卡斯尔的玛格丽特女公爵达成随便什么协议。外面，空气更甜蜜——多么浓烈，即使是无风的日子里，就在宅子后面！丛生的马鞭草和老人蒿坠下一片叶子，待有人走过时碾碎，嗅到那香气。如果我们嗅到的东西，用眼睛也能看到——如果在碾碎老人蒿的这一刻，我可以穿过一个个晴朗上午接续而成的长廊，沿了无数个八月辟出一条路来，回到从前，那么，与众多泛泛之辈擦身而过，最后，就能来到像伊丽莎白女王①本人这样的大人物面前。我眼中的景象，是否源于一些彩色蜡像，我亦说不清；但同是那一副装束，她穿了永远显得很醒目。她招摇着穿过露台，雍容华贵，但略微僵硬了一点，像只开屏的孔雀。她似乎有些年老体衰，让人禁不住低下头来发笑；随后，她朗声读出那段心爱的誓词，彻贝里的赫伯特勋爵挤在廷臣中屈膝行礼时，听得很清楚，此时，她完全没了老态，显示出男子气概，甚至是咄咄逼人的活力。或许，硬挺的衮服下，她的瘪缩的衰老躯体还没有沐浴？她早餐用的是啤酒和肉，手指上戴了大大小小的红宝石，显得粗硬，正好用来撕扯肉的骨头。事情也许如此，但在我们所有的国王和女王中，伊丽莎白似乎最适合摆出这一副仪态，送别那些英勇的水手，或迎接他们趋前觐见，她的充满想象的头脑，仍在盼着他们带回的奇闻轶事，在皱

---

① 当指伊丽莎白女王一世。

褶堆叠、珠光宝气的脑壳中,她的想象力仍然活跃。这是他们的青春;这是他们轻信世界的巨大资本;他们的头脑还像一张白纸,可以描绘美洲森林、或西班牙舰船、或野蛮人或人的灵魂投射的大幅画图——因此,走在露台上,遥望蓝色的海平线,必会想到他们的三桅海船。那些海船,据弗劳德①说,大小不过像一艘现代英国游艇。将海船收缩,恢复它们在伊丽莎白时代的小巧,海洋也随之变得更加浩大而空阔,汹涌的海浪,势头更猛于现在。扬帆出海,带回染料、根茎和油,为羊毛、钢铁和服装寻找市场,这类召唤声在西部各郡的乡野间回荡。小公司在格林威治郊外的什么地方聚拢来。廷臣急匆匆赶到王宫的窗前,枢密院诸公把脸贴到了窗玻璃上。礼炮鸣响了,海船顺流而下,水手们或在舱面行走,或攀爬帆篷的支索,或立在桅杆的桁木上挥手最后告别亲友。英格兰,还有法兰西的海岸,径直沉没在地平线之下,船只驶在陌生的海面上,空中有各种声音震响,大海上狮子奔突,蟒蛇翻滚,火在燃烧,旋涡涌动。乌云蔽日,撒旦的指爪明显可见。海船结队穿行在暴风雨中,突然,一盏灯熄灭了;汉弗莱·吉尔伯特爵士②沉入海涛中;待到清晨,他们试图打捞他的沉船,却空忙一场。休·威洛比爵士③出海探索西北航道,一去不复返。有时,一个衣衫褴褛、困顿不堪的汉子来敲门,声称他是多年前出海的少年,现在回到父亲的老宅。"威廉爵士其父,爵士夫人其母,认不出他们的儿子,直到发现他身上的隐秘

---

① 詹姆斯·安东尼·弗劳德(1818—1894),英国历史学家,著有十二卷《从沃尔西陷落到击败西班牙无敌舰队的英国史》。

② 汉弗莱·吉尔伯特(约 1539—1583),英国军人和航海家,1583 年沉于大西洋。

③ 休·威洛比(1500—1554),英国军人和航海家,1554 年在探险途中,困于北欧的拉普兰,冻饿而死。

标记,是一只疣长在一侧的膝盖上。"他带回了有黄金纹路的黑色石头,或一只象牙,或一盏银灯,还有很多故事,讲述这些石头如何密密麻麻地堆在那里,等待人去拣拾。兴许,通向传说中的洞天福地的航道,只在海岸线外不远处?兴许,已知的紫陌红尘不过是更加壮丽的大千世界中的一隅?长时间的航行后,船只在浩瀚的拉普拉塔河①上抛锚,人们登岸顺着逶迤起伏的地面四下探索,惊动了食草的鹿群,透过林木的隙缝窥视野蛮人黑黝黝的肢体,他们口袋里装满了卵石,可能剖出红、绿宝石,或沙砾,可能淘洗出金子。有时,绕过一块陆岬,他们看到远处有一队野蛮人缓缓走下海滩,头上顶着、或一起肩了给西班牙国王的沉重的贡物。

这些动人的故事,传遍了英国的西南部诸郡,鼓动在码头上闲荡的汉子,丢下他们的渔网,出海去淘金。考虑到国家的状况,有头脑的人呼吁在英格兰的商人与东方商人之间着手通商,这虽不那么风光,但却更为紧迫。因为没有工作,这位严肃的观察家写道,英国的穷人就会铤而走险,沦为罪犯,"每日死于绞刑架上"。他们有大量羊毛,洁净、柔软、坚韧、耐久,但没有市场,也缺乏染料。渐渐地,由于私人旅行家的活跃,本土的羊种得到改良,日趋滋润。进口了牲畜和植物,连带还有我们现在的各类玫瑰的种子。渐渐地,小批小批的商人在那些化外之地的边界处定居下来,通过他们,五光十色的稀罕物品缓慢地、时断时续地流向伦敦;新的花卉品种播撒在我们的田野里。向南,向西,在美洲和东印度群岛,生活来得更美妙,成功来得更显赫;然

---

① 拉普拉塔河,位于南美洲东南海岸的河口湾,北临乌拉圭,南接阿根廷,向东汇入大西洋。

而,那些冬日漫长、住了面孔扁平的野蛮人的土地,以其蒙昧和奇诡,吸引人们的想象力。这里,三四个来自英格兰西部的人在雪野里落下脚,近旁只有野蛮人的茅舍,他们出外买卖他们能够买卖的东西,获取他们能够获取的知识,直到明年夏天,有一艘不比游艇更大的小船,出现在海湾的入口。他们的见解想必很奇特,还有那种不可知的感觉,连同他们自己——孤独的英国人的感觉,想必也很奇特,这种感觉,就在黑暗的周边鼓荡,而黑暗中,充满了不可见的璀璨。其中的一个人,持了设在伦敦的公司的特许状,深入内陆,来到莫斯科,见到了沙皇,"他坐在椅轿上,头戴皇冠,左手握了黄金铸造的权杖。"他认真记载下目睹的一切仪礼,这位英国商人,文明的先驱,最初见到的景象,就像刚刚发掘出的罗马花瓶或其他装饰品,阳光照耀,流光溢彩,让人惊叹,但光天化日下,待千百万双眼睛看过,迅即黯淡下来,分崩离析了。多少个世纪以来,莫斯科的辉煌,君士坦丁堡的辉煌,千红万紫,始终不为外人所知。许多东西保存下来,就像安置在玻璃罩下。无论如何,英国人大胆地盛装觐见,或许,手中还牵着"三只披红色外套的驯犬",携了伊丽莎白女王的信函,"信笺上散发着樟脑和龙涎香的芳馥,墨水有浓烈的麝香香气。"

然而,即使有这些旧日的记载,重现了朝廷、宫殿和苏丹的召见厅,更奇怪的倒是那些小小的反光镜,从阴暗处唤出一些粗服乱头的野蛮人,片刻又消失不见,像灯光打在移动的影像上。有一则故事,讲的是在拉布拉多①海岸捕获到野蛮人,运往英国,给人当野兽一样展览。第二年,他们将其带回,找了一个蛮女上船给他做伴。两人见面时,脸上泛起红晕,深得发紫;水手

---

① 拉布拉多,加拿大大陆的东北部,包括魁北克北部的巨大半岛和纽芬兰。

们注意到这一点,却弄不清为什么。后来,两人在船上搭起小屋,她照料他的生活,他在她病倒时趋前看护,但水手们发现,他们之间始终保持了清白。这些记载,像飘忽的探照灯光,短时停留在三百年前风雪中羞赧的面颊上,传达出我们往往只能从小说中才能得到的那种心有灵犀的感觉。我们似乎猜得出他们为什么脸红;伊丽莎白时代的人注意到这一点,但要到三百年之后,才由我们来作出解释。

　　或许,面颊的潮红无法长时间牵扯我们的注意力,让我们停留在哈克卢特①那本书的阔大而泛黄的书页上。我们的注意力游走不定。不过,即使如此,它也仍在森林的绿荫中游走。它飘泊在大海上。那些敬神者的甜美的声音几乎令它酣然入梦,伊丽莎白时代的人讲起话来,抑扬顿挫,嗓音比我们更浑厚,更响亮。他们四肢健美,眉如弯弓,眉下椭圆的双眼饱满、明亮,耳上垂了细细的金耳环。他们有什么必要脸红?怎样的邂逅才会令他们产生这样的感情?他们何以应当软化自己的情感和思维,以致局促不安,眉宇间生出皱纹,平白地困惑起来,好像面前不是一只船或一个人,倒是什么捉摸不定的幽灵,是一种象征,却不是某种事实?拉尔夫·菲奇先生、罗杰·博登海姆先生、安东尼·詹金森先生、约翰·洛克先生、坎伯兰伯爵和其他人前往勃固②和暹罗③、干地亚④和希俄⑤、阿勒颇⑥和莫斯科大公国的难

---

① 理查德·哈克卢特(约1552—1616),英国地理学家,著有三卷本《英格兰民族的主要航海、游历和发现》。
② 勃固,缅甸南部城市。
③ 暹罗,泰国的旧称。
④ 干地亚,即克里特岛,位于希腊南部。
⑤ 希俄,希腊岛屿,位于爱琴海。
⑥ 阿勒颇,叙利亚西北部城市。

忘航行，漫长而危险，但如果这一切都让人厌倦了，那或许是因为我们无端地感到，他们从不谈论自己；似乎完完全全地忘却了自身；然而，仍旧有办法活得很舒适、很滋润。但语言的质朴并不意味着粗率和空疏。实际上，这类随意的、平实的叙述，关注的虽然仅仅是普通船员的辛劳和艰危，却自有一种真实的和谐，因为尽管前路迢迢，人人精疲力竭，但心境仍如夏日的海面一样宁静，波澜不兴，灵与肉都是平和的。

所有这一切，无疑会有许多夸张，许多曲解。人们常常把我们自身缺乏的气质堆到死者身上。祭出伊丽莎白时代的崇高，会抚慰我们躁动的心灵；文字的流动跌宕诱我们缓缓入睡，或引领我们像骑了步速均停的高头大马，蹀躞在碧绿的牧场上。这是炎热夏日里最让人快乐的氛围。他们谈论自己的货物，你能看到它们；体积、颜色和品种，要比轮船运来又堆在码头上的商品更加清楚、分明；他们谈论水果；头一年挂果的树上结满红彤彤、黄灿灿的果实；他们抬眼打量土地；晨雾刚刚消散，哪怕一朵花，也还没有来得及采撷。草地刚刚现出长长的白色车辙。城镇也刚刚展露它的真实面目。于是，你翻动阔大的书页，随意读下去，想跳过几页，就跳过几页，想打瞌睡，就打瞌睡，慢慢地，幻象出现了，笼罩住你，有两侧滑溜溜的河堤，空旷的林中空地，高耸的白塔，镀金的穹顶和乳白色的清真寺光塔。确实，这种氛围不仅轻柔曼妙，而且丰富多彩，远非你在任何一次阅读中所能消受得了。

因此，如果最后我合上了书本，那并非是我穷尽了其中的宝藏，却是因为我已经餍足。此外，由于阅读和中止阅读，朝这边走上几步，停下来看一眼风景，同样的风景已经失去了它的色彩，泛黄的书页几乎暗淡得难于辨识。所以，应当把书放回到它的位置上，加深那些对开本在墙上投下的棕色的阴影轮廓。我在暗影里抚摸架上的书,它们在我手下轻轻耸直。游记、历史、回忆录,无数生命的结晶。薄暮侵过来,灰蒙蒙的。甚至滑过一本本书的手,也能感到手掌下的饱满和成熟。站在窗前,向园子望出去,这些书本仿佛在窃窃私语,它们的生命气息在我身后绕室而生。确实,它们是深深的大海,往昔像扑面的潮头,势将吞没我们。那边,打网球的人已经呈半透明状,他们玩得尽兴,穿过草坪走回来。高挑的夫人俯身摘下一朵苍白的玫瑰;那位男士走在夫人的身侧,网球在他的球拍上颠上颠下,像缀在深绿色树篱上的朦胧的微型天体。他们走入房内,那些蛾子,那些敏捷的蝙蝠蛾随即飞出来,投入薄暮中,这些蛾子,只在花瓣上停留片刻,从没个安稳,却悬在月见草的黄叶上方一二英寸处,颤动成一团模糊。我想,约摸是去林中的时候了。

此前大约一个小时,几块浸了朗姆酒和糖汁的法兰绒布给人钉在几棵树上。成年人正忙着应付晚餐,我们准备好了灯盏、药水瓶,抄起捕蝶网。林地外的道路幽幽暗暗,坚硬的路面与我们的靴子发出的刺耳的摩擦声,听来格外惊心。这却是最后的一段现实,再走下去,我们就踏入了不可知的黑暗中。灯盏将它的一束光楔入黑暗,好像有一场昏黑的大雪从天而降,沿黄色光柱的两侧筑起了雪墙。一伙人的头领知道林中的方向,走在前面,似乎是领了我们,无视黑暗和恐惧,一步一步走向神秘莫测的世界。黑暗不仅能够消除光明,还能埋葬人的锐气。我们几乎一声不吭,即使说话,也尽量悄声,但仍然压抑不住我们心中的胡思乱想。小小的不规则的光柱似乎是惟一能将我们聚在一起的东西,像一道绳子,防止我们走散,给暗夜吞没。光线不绝如缕,照亮去路,让披了一袭怪异的暗绿色夜礼服的树丛和灌木都耸直了身子。走着走着,有人告诉我们停下来,头领走向前去,察看哪一棵树已经安排妥当,因为我们必须慢慢接近,免得飞蛾给灯火惊动,一哄而散。我们扎成一堆儿等待着,周遭的一小圈林木,像是透过高倍放大镜的镜头显现出来。每一片草叶,仿佛都比白天看时更阔大,树皮的龟裂也更醒豁。我们苍白的面孔,像是凭空浮动的一个圆圈。灯盏放在地上,没过十秒钟,就听到(听觉也格外灵敏起来)窸窸窣窣的声音,似乎身边草丛里有什么东西在出没。接着,这里出现一只蚱蜢,那里一只甲壳虫,眼见得又有一只蜘蛛痴慢地从一片草叶攀上另一片草叶。它们的动作都那么笨拙,让人想起在海床上蹒跚行走的海生动物。它们像是商量好了,一路向前,朝灯盏爬来,开始围住玻璃片攀上滑下,此刻,我们听到头领的一声召唤,要我们赶过去。灯光小心翼翼地转向一棵树,先是照在脚下的草丛里,又抬高几英寸,照在树干上;随着光线的升高,我们也越来越激动,越来越紧张;接着,灯光罩住了树上的法兰绒和滴落的糖浆。就在此时,什么东西扇动翅膀,在我们四周翻飞。我们遮住了灯光。随即,又小心翼翼地让它照射过来。这回,没了旋动的翅膀,但这里或那里,在糖浆流过处,星星点点散布着一些柔软的棕色斑块。它们看上去有说不出的珍奇,与糖浆紧紧粘在一起,分也分不开。它们将长喙深深刺入,一面吸吮糖汁,一面抖动翅膀,仿佛陶醉于其中。甚至灯光照到它们时,它们也不能挣脱开,惟是伏在那里,或许因为不自在,颤抖得更厉害些,听任我们凭了它们前翅上的花色、斑点或纹路,决定它们的命运。不时有一只大大的飞蛾撞入灯光里,又倏忽不见。这让我们更加兴奋。我们留下喜欢的,轻弹那些看不上的飞蛾的鼻子,任它们掉到地上,顺着草丛向糖浆的方向爬去,然后,我们又转向了下一棵树。我们谨慎地遮住灯光,远远看到有两盏红色的亮儿,灯光转向它们时,就暗淡下来;那个头上顶了两盏亮儿的美妙的身形随即显现出来。阔大的后翅发出暗红色的光。它几乎一动不动,像是展开翅膀飘落下来,进入一种痴迷的状态。它似乎与树身合围,与之相比,其他的飞蛾倒像是些树瘤和树节。它是那样的美观,沉静,反而让我们踌躇起来,不想弄死它;不过,等它好像猜破了我们的意图,小憩之后,又展翅高飞,飘摇无踪,我们反而若有所失,像是错过了什么奇珍异宝。有人尖叫起来。提灯的人追着它飞去的方向照过去。四周是浩瀚的虚空。接着,我们把灯盏放在地上,片刻之后,又见草叶低垂,昆虫四下里聚拢来,贪婪然而笨拙地想要分享一丝灯亮儿。我们的眼睛适应了黑暗,瞧见了刚才还辨认不清的种种轮廓,我们席地而坐,感受身边生命的流转,树林间万物萌动;有什么在草丛中爬行,还有什么在空中漂游。夜阑人静,树叶拦截住新月的每一束光亮。身边不远处,像是不时传出一声深深的叹息,接着又是一声递一声的叹息,没那么深沉,有些战抖,随后,一切又复归于沉寂。或许,这些不可见的生命发出的动静让人心惊。必是因为极大的决心和生怕给人看成懦夫,我们才会提起灯盏,没入林中更深处。这个夜的世界似乎对我们怀有敌意。冷漠、生疏、不避不让,它所关注的一切,好像都把人排斥在外。但那棵距离最远的树仍然等待我们去探察。头领不知疲倦地头前带路。来路上那一抹白色的路面,恍若永远地迷失了。我们离开光明,离开家,已有好几个钟头。终于,我们前突到密林最深处的这棵树前。它矗立在那里,好像矗立在世界的尽头。没有飞蛾可以来到这么远的地方。然而,树干耸出时,我们看到了什么?猩红的后翅,已经候在那里,像刚才一样一动不动,覆在一道糖浆上,深深地吸吮。这回,我们没有丝毫迟疑,迅速打开药水瓶,摆弄好,罩住飞蛾,截断了它的逃生之路。

玻璃瓶中，红光蓦地一闪。飞蛾收敛翅膀，再也不动弹了。

这一瞬间无比辉煌。我们勇敢的远足，得到了回报，与此同时，事情似乎也证实了，我们有能力应付敌意的和陌生的力量。现在，我们可以回到床上，回到安全的家中。我们站在那里，手中拎牢了飞蛾，忽然，一阵噼啪的唿哨传来，寂静的树林中，随即响起喀嚓喀嚓的沉闷的碰撞声，充满说不出的悲哀和不祥。那声音逐渐弱去，扩散到林中：它消失了，伴随而来，是一声深深的叹息。接着，是一种无边的死寂。"一棵树，"我们终于说出声。有一棵树倒下来。

从午夜到黎明，这之间发生了什么，小小的惊吓，心神不定的时刻，眼睛半睁半闭，迎向灯光，此后，再也无法酣然入梦？莫非是经验，或许——反复的惊吓，每一次当时都不知不觉，却突然松散开？将什么东西分离出来？不过，这种意象让人联想到崩溃和解体，而我头脑中的那个过程恰恰相反。它决不是破坏性的，其实不妨说，它具有一种创造的性质。

一些事情确实发生了。花园、蝴蝶、清晨的声响、树木、苹果，人声出现，述说些什么。好像是一只光的指挥棒，让喧嚣有序，混沌有形。说得更简单些，经历了天知道什么样的体内过程，一觉醒来，你产生了某种统御感。熟悉的人们在晨曦中走来，每个人都线条分明。在日常琐事的兴奋与颤动中，你感觉到骨与肉，持久与永恒。哀伤有一种力量，让人体察生命流转的这种突然停顿，喜悦也有同样的力量。或者，它会毫无来由地出现，让人难以察觉，仿佛花蕾入夜后突然绽放，清晨但见花瓣舒卷自如。那行程和回忆，所有的赘物、残骸和积聚的时间，累累垂垂地擞在我们的书架上，像文学的脚下生长的青苔，无论如何，它们已经不再那么确切，因此，难以适应我们的需要。另一类的阅读更适合清晨时分。这不是寻寻觅觅的时刻,不是半闭上眼睛御风而行的时刻。我们需要一些具体和清晰的东西,经过切割后能够聚光的东西,像宝石或岩石一样坚硬,有人类经验的印记,然而又像晶莹的宝石中蕴蓄的火焰,在我们心底,时而沉潜,时而升腾。我们需要的东西,既是永恒的,又是当下的。但你穷尽了所有的意象,让字词像水一样从你手指缝里流去,却仍然说不清在这样一个早晨,醒来时想到的为什么是诗歌。

在英国,不难发现诗歌。每个英国家庭,都充满了诗歌。甚至俄罗斯的精神生活的源泉也不比我们更深邃。当然,它深深植根于我们的心底;蕴藏在赞美诗集和墓石的最厚重的积淀之下。然而,翻飞的流云,洒满阳光的草地,倏忽间云烟氤氲的大气,大气中,云朵化为斑斓的色彩,辽远的天空更显得混沌和幽深,这种种可爱之处,我们同样并不陌生,在各种各样的旅行条件和气候状况下,我们都能奇怪地有所感受。在这样的宅子里,自然会有一册莎士比亚,还有《失乐园》,乃至薄薄一卷乔治·赫伯特①的诗歌。虽然可能令人不解,但几乎肯定藏有《常识之误》②和《一个医生的宗教信仰》。出于某种理由,托马斯·布朗爵士的对开本摆在书架的最下层,而一般情况下,这里完全是用来摆放乏味和实用的书籍。他在乡间小门小户里广为流传,或许主要是因为《常识之误》以动物为主。一些带插图的书籍,描画了畸形的大象、怪模怪样的丑陋的狒狒、老虎、麋鹿等等,全都怪诞不经,面孔却与人类有奇特的相似之处,在对文学毫无兴趣的人们中间,始终很受欢迎。《常识之误》的文字,有些东西

---

① 乔治·赫伯特(1859—1924),英国玄学派宗教诗人,作品有《圣殿》等。
② 《常识之误》,系托马斯·布朗最长的一部著作,出版于1646年,对众多信条和常识的错误进行了考查,将归咎于人性的弱点和魔鬼的骚扰。

与这些木刻插图颇为合拍。或许有理由说，一九一九年间，还有许多人，仍然很少感受到冷森森的知识之光的照耀。这是最为变幻莫测的光源。他们对事物一知半解，喜欢琢磨翠鸟的身体是否指示了风向；鸵鸟能不能消化铁；猫头鹰和渡鸦是否预示了不祥；打翻盐罐是否晦气；耳鸣说明什么，甚至兴致勃勃地玩味大象的关节和鹳的诡异，而这本来该由见多识广的作家去费神。英国人生来倾向于靠想入非非和诙谐幽默来破闷，寻开心。农夫吃着麦芽酒闲扯，主妇捧了茶杯聊天，托马斯爵士就点化了这类常人的智慧，显示他更有洞察力，知道得也多，不过，他仍然大敞开心胸，等着接纳新奇事物。医生尽管很有学问，仍然乐于倾听我们的叙述，只要它认真，诚恳。他会换一个角度看待我们的肤浅问题，让它升华，流转在璀璨的群星间。比如，路边见到一朵花，一片瓦，一块石子，谁又能说它们不是空中降下的霹雳，迎面轰来的炮弹，你只管带上问题，径直去敲医生家的门，这该有多么惬意。悠悠万事，惟有这件事情最当紧，当然，除非是有人濒死，有人降生，只等医生搭救。医生显然非常仁慈，遇事最好有他守在床前，他声色不动，却充满了同情心。他的抚慰必是庄重的，他的仪态必是沉静的；然而，如果有什么事吸引他，不知他会有多少活跃的想法纷至沓来，口中念念有词，大致都是独白，而且语无伦次，着了魔一般，似乎并不指望找到答案，与其说是在与旁人接谈，倒不如说是在自言自语。

其实，哪里还有第二个人，能够回答他的问题？他曾在蒙彼利埃大学①和帕多瓦大学②求知，但知识没能为他解惑，似乎只

---

① 位于法国的蒙彼利埃市，始建于 1220 年，其医学院曾在中世纪闻名于世。
② 位于意大利的帕多瓦市，始建于 1222 年。

是大大增加了他提出问题的能力。他的心胸越来越开放。与其他人相比，他果然算得上饱学之士。他通晓六种语言；了解许多国家的法律、习俗和政治；能说出所有星座、加上本国大部分植物的名字；然而——难道不能少些然而之类的转折吗？——"然而，我想，我懂了许多后，才知道我懂得很少，我采集植物，足迹从没有超出奇普塞德①。"假若事事有其必然，因为这一点已经得到证明，显然应当如此，那么，再没有什么比这更令他难以容忍了。他的想象力是用来支撑金字塔的。"我想，对一种积极的信仰来说，在宗教中没有不可能之事。"因此，一粒沙尘就是一座金字塔。在一个神秘的世界中，凡事皆不寻常。想想肉体。病痛让一些人惊奇。托马斯爵士只能"诧异我们何以并非始终如此"；他看到有千百种途径导向死亡；而且——他喜欢思索，各种想法古怪地交叠在一起——"每一只手都有能力毁了我们，对每一个人，我们都该领情，感谢他们不曾把我们置于死地。"面对这类层出不穷的想法，人们不禁会问，还有什么能够遏制这样一颗无遮无拦、向天际敞开的头脑呢？遗憾的是，天上还有神明。他的信仰限制了他的视野。托马斯爵士自己决绝地拉上了这层帷幕。他对知识的渴望，他的跃动的才思，他对真理的预感，都让步了，闭上眼睛，沉沉入梦。他将此称为怀疑。"对这些，我比任何人都经历得更多；我要说，我不是以一种勇敢的姿态，却是跪下来把它们压抑住的。"如此健旺的好奇心，本该有更好的命运。如果在现代种种定论的丰盛宴席上，添加托马斯爵士所谓的怀疑这一味，本会让我们多些享受，但我们这

---

① 奇普塞德，伦敦一街区，中世纪时为一处商业中心，17 世纪曾建有巨大的草药市场。

样做,不会改变他,只不过是表达了我们对他的礼赞。毕竟,除过其他种种,他难道不是作家中完整表现了自我的第一个人吗?他的容貌已经记录下来——中等身材,眼睛大且有神,肤色沉着,常常充血。但更令我们心旷神怡的,却是他的丰富多彩的灵魂。在那个黑暗的世界中,他是一名探索者,第一个讲述他自己,以极大的热情提出了这一话题。他不断回到这个话题上来,仿佛灵魂是一种怪病,种种症候还有待记录在案。"我关注的世界正是我自己;我把目光投射在我的筋腱骨骼构成的这个微观宇宙上;而外部的世界不过是我的行星,有时,我为了自娱,推动它旋转起来。"他说,有时,他渴求死亡,而他似乎为这番阴郁的告白感到自豪。"有时我觉得自身就是地狱;早晨之子①在我胸膛内建起他的王宫,群魔在我心中复活。"他忙于工作时,从外表看,他比任何人都清醒,被誉为诺里奇②最杰出的医师,但与此同时,头脑里又充满了稀奇古怪的念头和情绪。然而,但愿他的朋友们能够理解他的思想! 可惜他们懵懵懂懂。"于世人,我像隐在暗夜中,再亲近的朋友,看我也像隔了一重云雾。"他从自己身上察觉到令人不可思议的认知能力,旁人熟视无睹的最普通的景象,也会引他陷入深思。小酒店的音乐、祝祷万福玛利亚的钟声、劳作者从田野里掘出的破碎的陶罐——所见,所闻,无不让他木然发呆,仿佛给什么奇异的景象施了定身法。"我们睡在这个世界上,对此生的感觉,无非是梦,如此来想象,也不能算是庸人自扰……"。没有人曾这样敞开思想的遮盖,承认一个接一个的猜测,能惊得人目瞪口呆,丝毫动弹不得。

---

① 早晨之子,基督教文献中对堕落前的撒旦的称呼,见《旧约·以赛亚书》第14章第12节。

② 诺里奇,英格兰诺福克郡一区。

怀着对事物的玄妙和神奇的这种信念,他不能拒斥,自然转向容纳和无休无止的思索。极度愚昧的迷信中,有某种殉道精神;小酒店的音乐中,有某种神性;在人的这个小小的世界中,有某种东西,"先于元素而存在,与太阳没有主从关系。"他包容一切,愿意品味摆在他面前的随便什么东西。因为在他的想象力唤起的这般如梦如幻的时间与永恒的庄严景象中,有作家的身影在。那并非仅仅是一般意义上的生命,而是他自身的生命,让他感到万分惊奇,"所要叙述的,并非史实,而是一节诗歌,在常人的耳中,就像一则寓言。"他对自我的兴趣是健康的,还没有那种自我中心的委琐气。我是仁爱的,我是勇敢的,我不排斥任何事物,我待人宽,我责己严,"我的言词,像阳光普照众人,对善与恶,都存了一份情意";我,我,我——我们如何竟失去了讲述自我的那种能力?

总之,托马斯·布朗爵士提出了理解你的作者这个大问题,而此后,这个问题竟至变得极其重要。无论写下什么,总在一些地方,每个地方,有时明显,有时含蓄,隐了一个人的轮廓。我们要想理解他,会不会就像听人讲话时一样,徒劳无益地琢磨他的年龄和习性,有没有结婚,几个孩子,是否住在哈姆斯塔德?这是一个应当提出、却无须回答的问题。也就是说,问题将以一种本能的、非理性的方式获得解答,全看我们的天性如何。但你必须注意,托马斯爵士是第一个造成了这种强烈困惑的英国作家。乔叟——但乔叟的拼字法坏了他的事。那么还有马洛、斯宾塞、韦伯斯特、本·琼生?实际上,在诗人那里,问题从没有如此尖锐地显现出来。在希腊人和拉丁人那里,问题几乎就不曾存在过。诗人让我们认识他的本质,而散文将灵与肉浇铸在一起。

我们读他的书，可否推断说，托马斯·布朗爵士，虽然几乎在每个方面都是仁慈的，宽容的，却会受到一种阴暗的迷信情绪支配，宣布两位老妇人是女巫，必须处死？他的一些迂腐论调不免发出拶指钳那类刑具的声响：一个仍然受到中世纪枷锁束缚和羁绊的灵魂，只有智慧，却没有心肝的灵魂。在他内心，有某些趋向残忍的冲动，因了愚昧或软弱不得不俯仰由人或屈从自然者，都会产生这种冲动。有时，他的安详与宽宏的头脑会突发恐怖的痉挛，短暂但却强烈。更经常的时候，他像所有大人物一样，多少有些枯燥。然而，大人物的枯燥与小人物的枯燥自有不同。它或许更深刻些。我们默认了一切，怀着希望进入他们的阴影里，相信倘若见不到光明，错在我们这里。随着恐惧的加深，一种负罪感，与我们的抗拒交织在一起，让暗意更浓重。华兹华斯、莎士比亚、弥尔顿，总之，每一位身后不仅仅只留下一两首歌诗的伟大作家，都会留下一些篇章，让我们陷入迷茫，我们摸索前行，纯是出于服从的习惯，如果我们将这些篇章联缀在一起，那必然构成一卷大书——一卷世上最枯燥的书。

堂吉诃德也很枯燥。但他的枯燥，与大人物的枯燥不同，大人物像一头昏昏欲睡的巨兽，他似乎在说，"辛苦过后，我要睡了，只要愿意，我会打呼噜。"堂吉诃德的枯燥，没有这种慵懒，别是一种样子。他是在给孩子们讲故事。冬日的夜晚，那些长大了的孩子——纺绩的女人、一天的劳作后歇息下来的男人，围坐在炉火前，"讲个故事吧，让我们乐一乐，粗俗点儿也行，讲讲比我们悲惨、或者比我们更幸福的人。"塞万提斯是个好脾气的人，他依照大伙儿的要求，编了些故事，讲述失踪的公主啦，痴情的骑士啦，完全合乎他们的趣味，对我们来说，就显得沉闷。我们只能认为,如果他一心只讲堂吉诃德和桑丘·潘沙,事情对他,就像对我们一样,本来会好得多。然而,出于本能的尊重和伴随而来的顺从,我们一如现代读者面对往昔的作家,很少明白说出我们的看法。毫无疑问,所有作家都受到阅读者的巨大影响。以塞万提斯和他的听众为例,我们,四百年之后到来的我们,难免会感觉自己像是闯入了一个欢乐的家庭聚会。拿那个团体与这个团体相比(不过现在也没有团体可言,因为我们都有了教养,彼此隔绝,在自己的炉火前读自己的书),就像拿塞万提斯的读者与托马斯·哈代的读者相比。哈代决不会拥一炉好火,靠失踪的公主和痴情的骑士来消磨时间,他越来越固执地拒绝粉饰现实,哄我们开心。我们独自阅读他,他也独自同我们交谈,把我们当成个别的男人和女人,而不是趣味相同的一伙人。对此,也必须加以考虑。今天的读者,习惯了与作家的直接交流,往往与塞万提斯有了隔膜。他在何种程度上知道自己讲些什么——而我们又在何种程度上对他引申得过分,或误解了他,或者在阅读堂吉诃德时,掺杂了我们自己的经验,就像成年人从童话中读出了某个意思,不禁怀疑孩子们是否会心于此?如果塞万提斯感觉到我们感觉的悲剧和讥讽,他是否还会如此克制,不去大加渲染——他是否就会像他看上去那般冷酷?不过,莎士比亚倒是很冷酷地打发了福斯塔夫。伟大的作家就是这样大而化之,听天命而任自然;我们远离了自然状态,将之称为残忍,因为我们比他们更多地感受残忍的后果,或至少是认定我们的痛苦来得更重要。不过,所有这一切,都不会打消那些热闹、诙谐、明白如话的图书带给我们的乐趣,它们围绕对骑士与世界的庄严理念层出不穷,无论人怎样变化,这理念始终是对人与世界的一个不容辩驳的陈述。它世代长存。至于知道自己讲些什么——大作家恐怕从来都做不到。或许，后来人之所以能够从中找到自己所追求的东西，原因就在于此。

　　且让我们回到世间那卷最枯燥的书上来。书中显然会有托马斯爵士贡献的一两页文字。但要想回避这种说法，机会总是有的，不妨说，这书不是枯燥，而是晦涩。我们习惯了一目十行地阅读书中的句子，一下子就榨出它的含义，那么，拿过《骨灰瓮》中的一页，自然艰涩生硬，让我们摸不着头脑。"如果亚当是来自一抔尘土，每个部分都会要求恢复原状，虽然如此，很少有人物化后，骨骼又还原为细碎的尘土。"——我们必须停下，回过头来，朝这边走走，再朝那边走走，一步一步行进。在我们时代，阅读已经变得如此容易，重读这些深奥的文字，就像跨上一头傲慢而固执的驴子，却不肯搭乘电车进城。拖沓、怪诞、自说自话，托马斯爵士似乎很少是在弗劳德或马修·阿诺德的意义上写作。现在，印刷文字承担了新的功能。它难道不是有了一种奴性，处处迁就我们的口味，对我们的关注平价收费，一分钱，一分货，一盎司不多，一盎司不少？不过，在托马斯·布朗的年代，度量衡即使存在，也还处于原始状态。人们记得，托马斯爵士从来没有靠他的文章卖一文钱。他是自由的，因为他随便给我们多些或少些，都是出自他的慷慨。他是位业余写家；写作是他的消遣和娱乐；他不同我们讨价还价。托马斯爵士没有必要取悦读者，既然如此，那么，这些小书，自然想写得沉闷，就写得沉闷，想写得艰涩，就写得艰涩，如果他心血来潮，也可以写得美不胜收。此处，我们就来到了这个可疑的领域——美的领域。劈头一句话，不是已经让我们茫然、失落、想入非非吗？"火葬的柴堆熄了，葬礼结束了，人们永久辞别了长眠地下的朋友。"没人能说清楚，美为什么能够如此这般地影响我们，让我们奇异地平静下来,自信不疑。大多数人都曾尝试描述过,或许,美的一个不变的特性就是,它让我们产生给予的愿望。我们必须作出某种奉献,采取一些行动,哪怕只是走到屋子的另一端,摆弄一下花瓶中的玫瑰,顺便说一句,玫瑰的花瓣已经凋谢了。

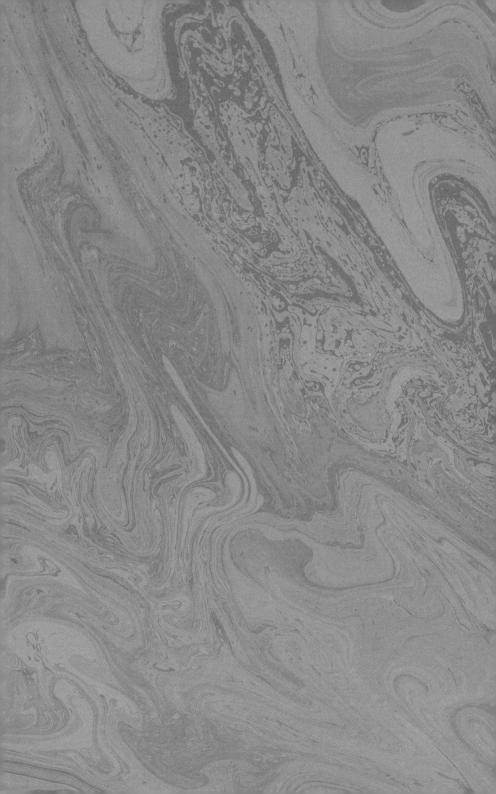